배우고 나누는
임정학교 이야기

나는
독립운동의 길을 걷다

이명필 지음

추천의 글

누구나 그들 앞에 겸손할 수 밖에 없다.

내가 히어로를 처음 만난 것은 '소설 윤봉길'을 쓰기위한 자료 취재 답사 때문에 상해에 가 있을 때였다. 국외에서의 조국의 역사에 대한 성찰이라기보다는 의외로 열정적이었고, 전문적이었다. 덕분에 예정보다 취재 기간을 당길 수 있었다. 취재하기에 바빠 책을 출간하고 난 후에야 겨우 '히어로 임정학교'에 참여할 기회가 있었다. 상해에서 연변 용정까지 의미 있고 심도 있는 과정이었다. 국외 독립운동에 대한 성찰이 깊고 넓었다. 지금까지 132기를 배출했다니 놀라울 따름이다. 때로는 답사에, 때로는 영상으로, 또는 토론과 강연으로 더구나 이번에는 그 여정을 책으로 펴냈다. 이것이 노력한 발걸음에 대한 결과물이라는 것에 감탄을 보내며 큰 박수와 함께 축하에 앞서 나올게 드디어 나왔다는 환호를 보낸다. 누구나 그들 앞에 겸손할 수밖에 없다!

〈소설 윤봉길〉 강희진 작가
(임정학교 30기 '소설 윤봉길의 길을 걷다' 초청강사)

오늘을 살아가는 우리들에게

웨이하이한국학교 교사로 재직하던 저는 2022년에 웨이하이 청소년을 대상으로 HERO역사연구회가 주관한 청소년 임정학교에 참여할 수 있었습니다. 임시정부는 일제 침략기 국권 회복을 꿈꾸는 대한국민들의 희망이었고 독립전쟁의 구심점이었습니다. 임시정부가 걸어간 길을 공부하는 것은 명확하게 우리가 누구이고 무엇을 해야 하는지 알려줍니다. 과거 역사의 단순한 기억에 그치는 것이 아니라 오늘을 살아가는 우리들에게 인간의 존엄성을 상기시켜주고 한중우의의 굳건한 토대 위에 동북아 공존 공영을 모색하는 고귀한 역사적 소명의식을 상기시켜 줍니다. 상하이에서 임시정부의 기치를 계승, 발전하여 평화를 위한 한중연대의 현장 지킴이 역할을 하는 HERO역사연구회에 다시 한 번 감사와 경의를 표하며, 연구회와 임정학교가 계속 발전해 나가길 기원합니다.

웨이하이 한국학교 교사 이혜원
(〈윤봉길 동북아의 평화를 묻다〉 공저)

독립운동의 찬란한 역사를 기리며

2021년부터 HERO역사연구회에서 주최하는 여러 활동에 함께 참여하면서 민족독립과 자유를 쟁취한 한국인들의 찬란한 역사를 연구하고 독립선열의 눈물겨운 투쟁을 서술하며 그 뜻을 기리고 있음을 알게 되었습니다. 유구한 역사속에 중한 양국민들은 피가 물에 녹아 분리할 수 없는 영광과 치욕을 함께 한 전통적 우의관계를 알리고 있습니다. 특별히 감동한 것은 저의 증조부 김창강(택영)을 기념하는 강연회와 방문단을 이끌고 장수성 난통의 김창강기념관을 방문한 일입니다. 새해에도 연구회의 활동에 큰 성과가 있기를 진심으로 기원합니다.

二0二一年我有幸与HERO历史研究会代表李明弼先生相识,至此开始逐渐了解HERO历史多次研究会,并参与了该研究举办的活动，收益颇半.HERO历史研究会旨在研究韩国人民争取民族独立自由的光辉历史,追述前辈们可歌可泣的奋斗历程,颂扬中韩两国人民在历史长河中建立的血融于水、荣辱与共的传统友谊尤为使我感动的是研究会专门为我的曾祖父金沧江(泽英)组织了纪念演讲会还亲自组团带领韩国友人去往江苏省南通市金沧江纪念馆参观访问. 在新的一年里,衷心祝愿研究会的工作越办越好, 取得更大的成绩-金桂生-曾祖父金沧江(泽英)的曾孙子

김계생

(창강 김택영 선생의 증손)

독립운동가의 길을 잊지 않고 이어가길

나라 있는 국민은 사랑받고 태어났으며 사랑을 받은 사람은 또한 나눌 줄 알아야 한다. 통일을 염원하는 청소년들이 서로 협력하며 진정한 통일의 길로 앞장서 나아가는 것이 오늘날 독립운동가들의 희생과 헌신을 잊지 않고 이어가는 길이다.

웨이하이한국학교 11학년 이진

(임정학교 99기 참여자)

역사를 살아가는 열정에 뜨거운 박수를 보내며

HERO 역사연구회를 알게 된 것은 그리 오래 되지는 않는다. 2019년은 3.1운동 및 임시정부수립 100주년이 되는 해였다. 우리 일행 20여명이 상해, 항주, 중경 등 임시정부 및 항일독립운동유적지 답사활동을 계획했었다. 일반 관광여행이 아니기에 현지 상황을 잘 알고 역사적인 이해도 풍부한 현지 조력자가 필요했다. 5박 6일의 짧은 일정이었지만 상해에서 중경까지 먼 거리의 이동속에서도 프로그램을 정말 알차게, 열정적으로 만들어 주었다. 역사 유적지 방문에는 자세한 설명과 더불어 퀴즈, 역할극 등 다양한 방법으로 우리들의 관심을 집중시켜 주었다. 한국과 중국관계는 외부적인 요인에 의해 여러 가지 영향을 받는다. 때로는 우호적이기도 하다가, 때로는 갈등이 심화되기도 한다. 한국이 아닌 해외에서 다양한 갈등요소가 있는 역사 관련 활동을 하기란 쉽지 않다. 어려움속에서도 꾸준히 다양한 활동을 지속하고 있는 HERO역사연구회의 열정에 뜨거운 박수를 보내며 무한한 응원과 감사의 마음을 전한다.

동아시아평화를 위한 역사NGO포럼 사무처장 남상만

역사의 진실을 보게 해준 뜨거운 만남

지금은 상하이를 떠나 있지만 5년간의 상하이 생활에서 아주 특별한 만남이 있었다. 바로 HERO역사연구회와의 만남이다. 2019년은 대한민국임시정부 수립 100주년이 되는 해였기에 각계에서 이를 기념하는 일들이 많았다. HERO 선생님들과 중국위안부역사박물관을 탐방했고, 1921년 임정 요인들이 신년회를 마치고 단체사진을 찍었던 난징동루(南京东路) 용안백화점(永安百货店) 옥상에서 그분들을 떠올려 보기도 했다. 이처럼 상하이는 우리나라와 역사적으로 깊이 연결되어 있는 곳이었고 내가 느낀 감동을 대한민국의 지인들과 나누고 싶었다. 고민 끝에 나는 몸 담았던 경기도 지역의 발도르프 학교 선생님들과 마을활동가, 지역 역사학자 등 여덟 분으로 팀을 만들어 '상해역사탐방단'을 꾸렸다. 우리는 상하이와 항저우에 있는 독립운동 유적지를 탐방하는 동안 100년 전 시공간으로 가서 그분들의 정신을 되뇌어 보았으며 발자국을 따라 걸었다. 우리가 지금 여기 대한민국인으로 당당히 서 있을 수 있는 건 수많은 독립운동가들의 희생 덕분이라는 역사적 진실을 보고 들을 수 있는 가슴 뜨거운 현장이었다. 독립운동의 정신을 면면히 잇고 있는 HERO역사연구회. 내가 두 손을 가슴에 모아 상하이를 그리워하고 자랑스러워하는 이유는 그곳에 그들이 있기 때문이다.

임정학교 45기 참여자 고경이

독립선열의 숭고한 헌신을 이어갑시다.

저는 지금 지평선까지 이어지며 두터운 솜이불처럼 포근하게 대지를 감싸고 있는 흰 눈과 감히 마주한 한 쪽 볼따구니를 태울 듯이 강렬하고 눈이 부시도록 찬란한 겨울 햇살에 속아 번번이 차 문을 열고 나설 때마다 화들짝 놀라 평소에는 눈 씻고 찾아야 겨우 발견할 수 있는 귀가 본능이 저절로 발동하는 것을 겨우 자근자근 즈려 밟으며 앞으로 나아가는 일을 반복하며 일주일째 만주 벌판을 헤매고 다니는 중입니다. 자칫 한 번 놓치면 수십 킬로미터를 되돌아가야 하는 날것의 답사길에서 새삼 지난해 5월의 세상 편안하고 왁자지껄 즐거웠던 'HERO임정학교' 답사길이 떠올라 문득 감사와 그리움이 사무칩니다. 그리고 새삼 상하이를 찾아 드는 답사객들에게 일정에 맞게 최고의 답사루트를 제공하고 완벽하게 그 길과 그 길 위의 역사를 전달하기 위해 묵묵히 걷고 또 걸었을 HERO역사연구회 선생님들의 길고 긴 숨은 시간들을 떠올립니다. 100여년 전 온전한 대한민국의 독립을 위해 숭고한 헌신을 다투었던 선열들의 큰 뜻을 온전히 이어받아 우리의 독립운동사 바로 알리기에 앞장서고 있는 HERO역사연구회와 멋진 선생님들의 앞길에 선열들의 보우가 늘 함께하길 기원합니다.

재중화북항일역사기념사업회 회장 홍성림

서문

나는 왜 오늘도 임정의 길 위에 서 있는가?

HERO역사연구회 활동은 중국내 대한민국 독립 운동 역사를 잊지 않으려는 기억의 활동이다. 여기 그 활동을 다시 기록으로 남겨 누군가에게 기억으로 되살아나 역사가 되기를 바라며 이 책을 출간하고자 한다.

글을 쓰면서 많은 번민에 사로잡히기도 하였다. 임시정부에 대해서는 전문 역사학자들의 다양한 연구서적들이 있었고, 또 현장을 소개하는 책들도 여러 종류가 나와 있었다. 무엇을 달리 쓸 수 있을까? 하늘 아래 새로운 것이 있을 수 있겠냐며 포기하고 싶은 순간들도 있었다. 그때마다 지난 16여년 현장에서 만난 참여자들의 눈동자가 떠 올랐다. 단편적으로 알고 있던 역사의 파편을 모아 새롭게 해석하며 함께 나눴던 소중한 기억은 글을 쓸 용기를 주었다. 함께 하지 못한 누군가에게 들려주고 싶은 이야기는 하얀 종이 위를 달리며 꼬리에 꼬리를 물었다. 총과 폭탄을 들고 독립운동을 하진 못 했지만 붓을 든 독립운동가의 심정으로 글을 써 내려갔다.

지금 우리는 선열들이 그토록 이루고자 한 진정한 독립조국에서 살고 있는가? 국토는 남북으로 갈리고 이념은 좌우로 나눠져 있다. 독립운동 당시에는 남도 북도 없었다. 방법적 선택으로 이념의 차이는 있었지만 그 이념은 좌우를 막론하고 독립을 최우선 순위로 두었다. 독립운동 현장에서 느낀 감회는 이 시대를 새롭게 바라보는 성찰의 기회가 되었다. 100년 전 독립을 위해 이곳 중국에서 중국인들과 함께 교류하며 감동시켜 우리의 독립운동을 위한 지원을 끌어냈던 독립선열의 지혜와 좌우를 막론하고 끓어오르던 독립의 염원은 지금 우리가 새겨야 할 시대정신이다. 20세기 독립이 광복이었다면 21세기 독립은 통일 대한민국이다. 중국을 잘 연구하여(研中), 그들을 알고(知中), 잘 활용(用中) 할 수 있는 방법을 체득하여 좌우를 통합하고 남북을 연결하는 진정한 독립의 그날을 위해 우리 독립운동사가 다시 새롭게 조명되어야 한다. 이것이 내가 오늘도 임시정부의 길 위에 서 있는 이유이다. 한중 관계는 어느때보다도 혐한과 반중의 감정이 커진 상태이다. 외교와 정치는 국익과 당파의 이익에 따라 부침이 있을 수 있지만 한국과 중국은 오랜 이웃으로 서로 존중하며 평화를 도모해야 할 동반자이다. 이러한 관계 회복에 우리 독립운동사가 중요한 역할을 하기를 소망한다. 한·중의 연대의 산물인 중국내 독립운동사는 우리의 역사 뿐만 아니라 중국의 근, 현대사의 한 부분으로 함께 기억할 수 있는 자산이기 때문이다.

기존의 임시정부 소개 책자들은 우리의 관점에서 단기 방문을 통한 현장 소개에 무게를 두었다면 이 책은 중국 거주 한인(韓人)의 관점에서 우리 독립운동사가 어떻게 한중 관계에 역할을 하였고, 할 것인가에 대한 고민의 산물이다. 장기적 관찰과 방문을 통해 현장속에 숨어 있는 살아 있는 이야기이다. 책은 1,2,3부로 구성되어 있다. 1부는 개인의 이야기이다. 대학에서 비전공자로 중국어를 배워, 직장에서 중국 주재 근무와 개인 사업을 하던 평범한 직장인이 어떻게 역사에 관심을 가지게 되었는지를 서술하였다. 2부는 HERO역사연구회를 설립하게 된 배경과 중국내 대한민국 독립유적지를 탐방하고 강의하는 HERO임정학교를 진행하면서 느낀 소회와 특별한 기억을 묶었다. 3부에서는 상하이에서 출발하여 총칭에 이르는 임시정부의 여정을 중국의 박물관이나 기념관을 통해서 살펴보았다. 우리의 관점이 아니라 중국의 관점에서 대한민국 임시정부 독립운동사를 조명하였다. 중국내 대한민국 독립운동사는 비단 우리의 역사 뿐만 아니라 중국의 근.현대사와도 맞물려 있다. 함께 나눌 수 있는 공동의 역사는 한·중 두 나라의 발전적 관계 형성을 위한 상호존중과 배려의 바탕이 될 것이다. 이 책이 임정의 길을 걷는 답사자에게는 동반자가 되기를 바라며, 독립운동사에 관심있는 독자에게는 교과서가 되고, 여행을 좋아하는 사람에게는 현장의 감흥을 전하는 에세이가 되기를 소망한다.

한반도의 평화와 통일이 주변국의 긴장을 완화해 주며 해양과 대륙의 교두보가 되는 그 날을 기대한다.

대한민국 임시정부 탄생지에서

이 명필 쓰다

목차

추천의 글 ii

서문 나는 왜 오늘도 임정의 길 위에 서 있는가? viii

1부. 우리는 왜 길 위에 서야 하는가? 1

1장 내 인생의 터닝포인트 3

2장 역사교사로 참여한 탐방의 기억 12

2부. HERO역사연구회 설립과 활동 23

1장 변화의 시작 25

2장 HERO 임정학교의 추억들 40

3부. 중국 기념관에서 만나는 독립운동 73

1장 대한민국 건국에 이바지한 중국 명문가 75

2장 희망이라 쓰고 독립이라 읽다 91

3장 음수사원 현장을 가다 98

4장 문장보국의 사학자, 백아절현의 한중우호 124

5장 '대지의 작가', 대한민국 독립을 지지하다 134

6장 마르지 않는 눈물, 30만의 대학살 현장 145

7장 중국 화훼의 아버지가 된 독립운동가 154

8장 중국혁명과 한국독립운동의 요람 172

9장 국가급 박물관에 새겨진 독립의 기억 184

10장 대한민국 국군의 모체, 광복군 191

1부

우리는
왜 길 위에 서야 하는가?

1장

내 인생의 터닝포인트

▌장면 1. 중국어를 배우게 된 계기

대학에서 무역을 전공했다. 한중 수교 전 머지않아 중국시장이 열릴 것을 동물적 감각으로 직감하여 인생의 방향을 중국에 맞춰 학창시절을 보냈다. 국립대만사범대학에 1년 기간으로 어학연수를 다녀온 것이 계기가 되었고 중국어 비전공자로서 중국어를 할 수 있는 것을 공식적으로 증명하기 위해 관광통역 중국어 자격증을 공부해 합격하였다.

중국어를 접하고 공부하게 된 계기는 나에게 운명적으로 다가왔다. 대학 1학년에 은행에서 숙직 아르바이트를 하며 학업을 하였었는데 그곳 은행 직원 한 분이 꿈을 물어준 적이 있었다. 갑작스러운 질문에 대답이 난감한 나는 무역학 전공을 내세워 향후 중국과 수교가 이뤄지면 중국은 한국에 큰 시장이 될 것이고 그때 새로운 기회가 있을 것 같다며 중국과의 무역현장에서 일하는 사람이 되고 싶다는 별 준비 안된 즉흥적 대답을 하였다. 이 짧은 시간의 대답이 내 인생을 바꿔 놓았다.

직원분은 매일 자투리 시간을 내어 생활 중국어를 가르쳐 주셨다. 이분은 법학을 전공하셨던 분으로 매일 EBS 어학교재로 출퇴

근시간에 공부하여 그 당시 약7개국의 기본생활 언어를 하실 수 있는 독특한 경력의 소유자였다. 1학년 겨울방학은 이렇게 새로운 언어에 대한 공부로 지나갔고 2학년이 되자 우리 과에는 대만서 온 편입생이 있었는데 한국어가 여간 서툰 것이 아니었다. 그 당시 대학에서는 전공자 외에 중국어를 할 수 있는 학생들은 거의 없었던 시기였다. 과에서 나는 자연스럽게 이 대만 여학생을 전담(?)하여 학업과 학교생활에 작은 도움을 주는 일을 하게 되었고 우리는 자연스럽게 짧은 중국어로 서로의 나라와 문화를 이해하는데 익숙하게 되었다. 친구는 중국에 대한 나의 꿈을 듣더니 대만으로 가서 중국어를 공부해 보는 것이 어떻겠냐고 나에게 권면을 한 것이다.

시골서 상경한 고학생 신분이었던 나는 유학을 꿈꿀 수 있는 처지가 아니었다. 하지만 친구는 방법을 찾아 보자며 대만 국립사범대학교에 입학신청서를 내고 나를 대신해서 학습계획서도 작성하여 송부하는 수고를 아끼지 않았다. 중문과 교수를 찾아 추천서를 부탁하기도 하였다. 우리의 수고는 합격통지서로 돌아왔다. 합격통지서를 손에 쥐었지만 기뻐할 수 있는 처지는 아니었다. 가정형편이 도저히 유학을 떠 날 수 있는 입장은 아니었기 때문이다. 친구는 방법이 있을 거라며 여름방학을 이용해서 함께 대만을 가보기라도 하자고 나를 끈질기게 설득을 하였다. 친구의 권유와 새로움에 대한 도전에 대한 열망으로 우린 함께 대만행 비행기에 몸을 실었다. 다음 학기 학비로 항공 티켓을 산 것이다. 그때 내 생각에는 특별한 방법이 없으면 대만여행을 다녀와 군대에 입대할 생각이었다.

친구의 집은 대만시 부촌에 자리잡은 쾌 부유한 집안이었다. 친구 집에 머물면서 학교를 둘러보았다. 공부하고 싶은 욕망이 생기자 방과 후 아르바이트를 할 수 있는 식당도 찾는 행운이 있게 되었다. 대만에서 한 열흘의 시간이 흘렀을 때 어느 아침에 친구의 아버지가 차를 한잔 하자며 나를 불렀다. 친구의 아버지는 수산물 관련 무역을 하시는 분인데 중국 본토와 사업을 하시기에 집을 비우는 경우가 많이 있었다. 나의 형편을 친구를 통해 들은 친구 아버님은 아무 걱정하지 말고 이 집에 머물면서 중국어 공부를 열심히 하라고 편의를 제공해 주시겠다는 말씀을 하셨다. 지금 중국어를 열심히 배우면 분명 인생에 큰 변화가 있을 거라고 운명 같은 말씀을 주셨다. 자신의 딸도 한국의 친구가 도움을 주어 한국에 유학할 수 있듯이 본인도 누군가에게 도움을 주시고 싶다고 하셨다.

대만에서의 유학생활은 내 인생을 바꾸는 큰 터닝 포인트가 되었다. 나는 오전에 어학연수와 저녁에는 식당 아르바이트 그리고 주말에는 남자가 없는 친구집에서 잔디를 깎거나 집안 허드렛일을 하면서 어학연수를 마칠 수 있었다

어느 날 친구 아버님은 나를 부르시더니 내 이름의 중국 발음이 좋다며 향후 중국인을 만나 자기를 소개할 때에는 이명필(李明弼)이 아닌 어디어디의 인민폐(人民幣)로 자기를 소개하라고 일러주셨다. 내 이름의 중국발음은 리밍삐였고 중국돈의 중국발음은 런민삐였는데 리밍삐와 런민삐가 비슷한데 중국인들은 돈을 좋아하니 런민삐로 소개하면 절대 나를 잊지 못할 거라는 말씀을 해 주셨다.

그 당시 나는 사람 이름을 돈으로 소개하는 것에 크게 탐탁치 않게 생각하였다. 그리고 그게 그렇게 효과가 있을지 의문이 들었었다. 그런데 회사에 입사하여 무역부에 근무하던 신입사원때의 일이었다. 중국 프로젝트가 많았던 우리 회사는 한중 수교이후 중국

측 손님이 많았었다. 말단 신입사원 신분으로 중국 바이어를 접대할 때 우리 회사의 人民幣라고 소개하자 중국 바이어는 까르르 웃음을 지으며 나를 바로 기억하기 시작하였다. 이 작은 기억이 자연스레 경영진에 나의 존재를 부각하게 되었고 대 중국 비즈니스가 확대되면서 그룹의 홍콩지사에 근무하게 되는 계기가 되었다. 나의 중국 생활은 이렇게 시작되었다. 그 생활이 30년이 넘게 되리라고는 전혀 상상하지 못하였다.

장면 2. 중국 주재 근무를 시작하다.

1994년 결혼과 더불어 홍콩지사에 발령을 받았다. 홍콩에서의 생활은 다이나믹의 연속이었다. 입사 2년차에 주재원으로 나가는 것은 개인적으로 행운이었지만 회사입장에서는 대단한 모험이었다. 아직 기업내 문화와 상품에 대해 정확한 시장판단을 하기에는 경력상 무리가 있는 시기였다. 홍콩은 말 그대로 총성 없는 전쟁터와 같았다. 대 중국 비즈니스의 중요한 중간 교역 항구였다. 국내는 물론 해외 동업타사의 경쟁에서 살아 남아야 하였다.

처음 1-2년은 주재원으로 충분한 역할을 못하였지만 차츰 자리를 잡아가며 총 8년을 근무하였다. 홍콩지사를 8년 근무할 수 있었던 것은 중간에 IMF의 금융위기를 맞게 되어 각 기업은 말 그대로 위기일발의 상황이었다. 신규 인원의 순환배치를 고려할 수 없는 비상 경영 체제였다. 지역 전문가 한 사람의 역할이 어느 때보다 소중한 시기였다. 이 시기 개인적으로는 인재의 중요성에 대해 깨달을 수 있었다. 한 사람의 전문가의 선택이 기업의 존망을 결정지을 수도 있는 시기였다. IMF의 긴 터널은 기업의 문화를 바꾸어 놓았다. 오너 경영 체제에서 전문 경영인 체제로 바뀌었으며 적체되어 있던 해외지사 순환근무도 확대되어 나는 중국 상하이로 옮겨오게 되었다.

중국내 판매거점 확장으로 상하이 인근 도시에 사무소를 개설하는 업무를 맡으면서 홍콩에서 중국 상하이로 이전을 하게 된 것이다. 홍콩을 갈 때는 아내와 둘이었지만 홍콩을 떠날 때는 7살과 5살의 두 아들과 함께 4명의 식구가 되었다. 상하이에서 주재원 생활 3년을 마치고 한국을 떠난지 10년만에 회사를 사직하게 되었다. 사직 후 상하이에서 개인 무역업으로 독립해 지금까지 섬유 원료를 수출하는 일을 하고 있다.

장면 3. 운명처럼 다가온 그해 여름

해외에서 자라는 우리 청소년들은 또래의 한국에서 자라는 청소년들보다 몇 가지 상이한 점이 있다. 우선은 어린 나이에 해외경험을 바탕으로 모국어 외에 다른 언어를 자연스럽게 구사할 수 있어 국제적인 면모를 갖추고 있다. 반면에 국제학교나 중국학교에 다니는 청소년들은 한국 문화와 역사에 대해서는 교육의 기회가 적어 한국인이란 정체성 확립에 어려움을 겪고 있는 것이 사실이다.

두 아이를 키우면서 이 아이들이 도대체 어느 나라 사람으로 자라고 있는지 회의와 걱정이 되곤 하였다. 한국인의 정체성을 심어줘야 하는 마음만 앞서 있었다. 회사를 다닐 때는 바빠서 신경을 쓰지 못하였고 개인 사업을 하고 나서는 가족의 부양과 생계를 위해 살아 남아야 하는 부담에 아이들의 정체성 교육에 시간을 낼 엄두를 내지 못하였다. 부모의 선택으로 해외생활을 하게 된 아이들에게 경계인으로 살아가게 하는 것이 못내 미안하고 걱정이 앞선 시기였다.

2009년 여름, 아내가 발목을 다쳐 치료 차 한국으로 귀국을 하자 온전히 두 아들을 돌보는 것은 내 몫이 되었다. 긴 여름 방학을 어떻게 아이들과 보낼까 고민하던 중 "고구려, 발해 그리고 그날"이란 주제로 중국 동북 3성을 열흘에 걸쳐 역사기행을 하는 프로그램을 소개받았다. 동북 3성의 고구려 발해 유적을 돌아보며 압록강, 두만강 너머의 한반도의 또 다른 반쪽의 땅을 보며 통일을 염원하는 취지의 역사탐방이었다. 이 탐방은 교회학교 중, 고등부 교사들이 6개월씩 공부하여 방학때마다 주제별로 여행을 하는 프로그램이었다.

서둘러 두 아이의 참가를 신청하고 나 역시 참가신청을 내었는데 부모는 함께 할 수 없는 기행이라 거절되었다. 부모가 참석하면 참여 학생들이 부모에 대한 의존도가 커서 진행에 어려움이 있다는 주최측의 설명이었다. 아이들과 우리 역사 현장을 함께 둘러보며 한국인으로서 정체성을 함께 나누고 싶은 욕망이 컸다. 탐방에 안전요원과 향후 교사로서 봉사할 것을 다짐하고서야 참가 기회를 얻었고, 마침내 두 아들과 열흘의 여행을 함께 할 수 있게 되었다.

열흘의 기행은 내 인생을 송두리째 바꾸는 터닝포인트가 되었다. 아이들에게 조금은 생소한 우리 고대사를 알려 주는 것이 참가의 목적이었는데 학생들과 함께 만주 벌판을 호령했던 고구려, 발해의 기상을 느끼고 압록강, 두만강에서 분단의 현실을 목도하면서 역사교육은 머리로 하는 것이 아니라 역사의 현장을 발로 밟으며 가슴으로 느끼는 것이라는 것을 깨닫는 계기가 되었다.

지금도 그때의 감동을 생각하면 아직도 가슴이 뛴다. 학생들의 안전을 담당하는 보조교사로 참여하였지만 비즈니스 현장에 종사하는 사람이 나 혼자라서 (다른 선생님들은 주부 교사였다) 경제 관련 강의를 의뢰받게 되었다. 기행이 끝나기 전 학생들을 대상으로 강의를 부탁 받은 것이다. 난감하기 짝이 없었다. 그때까지 나는 한번의 강의 경험도 없었다. 더더욱 중고생을 대상으로 하는 강의라니. 도대체 무슨 주제로 강의를 해야 할까? 주제 선정에서부터 난항을 겪었다.

이틀의 시간을 곰곰이 생각하며 강의의 주제를 잡아나갔다. 우리가 돌고 있는 동북3성의 땅들이 2천여년전 우리 고구려, 발해의 영토였다는 것에서부터 풀어 가기로 하였다. 만주 벌판을 누볐던 고구려의 당당한 기상을 이야기하고 싶었다. 하지만 2000년전의 기억을 현실로 소추하기에는 어려움이 있었다. 그래서 땅의 소유권과 영향력으로 강의의 틀을 잡았다. 비록 이 땅은 우리 선조가 지배한 광활한 영토였지만 그렇다고 지금 우리땅이라 소유권을 요구하기도 어려운 처지다. 하지만 우리가 이곳 중국에 살면서 이들을 감동시키고 한 사람 한 사람이 중국을 사랑하는 전문가가 된다면 이 땅에서 영향력은 지속될 수 있다는 취지의 강의였다. 또한 간도(間島)의 문제는 2천년전 문제가 아니라 불과 백년전 문제인데 우리나라가 일본에 외교권을 빼앗긴 상태에서 일본이 만주에서 철도부설권을 획득하는 조건으로 간도지역을 청나라의 영토로 인정한 역사적 사실을 부연 설명하였다.

더불어 나는 거기에 개인적인 사례를 덧붙였다. 나는 섬유원료(폴리에스터 원사)를 중국에서 생산하여 해외에 수출하는 업무를 하고 있는데 중국측 공장과 협력하여 생산한 제품에 우리 회사 고유 브랜드를 붙여 수출하고 있다. 그 브랜드 이미지를 프린트하여 학생들에게 나누어 주었다.

그 당시 우리 회사는 3개의 브랜드를 쓰고 있었다. 첫 번째 브랜드는 영어로 CHIWOO로 표기하고 한국 축구 서퍼터즈 붉은 악마의 문양을 그려 놓았다. 중국 중원에서 황제와 자웅을 다투었던 치우천황의 이미지로 동이족의 기원이 될 수 있는 전설을 형상화한 것이다. 두 번째 브랜드의 영문 표기는 KAITU로 썼으며 고구려의 삼족오 문양을 그려 넣었다. KAITU는 만주를 누볐던 광개토대왕의 이름에서 즉 개토(開土, 땅을 열다, 개척하다)의 중국식 발음이다. 세 번째 브랜드는 BOGO로 썼는데 이는 해상왕 장보고 장군의 이름에서 따 왔다. 생산된 제품이 중국 시장은 물론 동남아 각 시장에서 광개토대왕과 장보고 장군의 도전정신을 이어받아 시장에서 선점적 역할을 하기 바라는 소망에서 만들어진 이름들이다. 이것을 설명하며 중국 고객들은 우리 회사에 연락을 취해 이 제품들을 구매하기를 원하고 있는데 그들은 이 제품이 중국 땅,중국공장에서, 중국인들에 의해 생산된 사실을 모르고 있다고 설명하였다. 소유권과 영향력은 언제든 분리가 가능한 영역임을 아이들이 피부적으로 느낄 수 있는 진솔한 설명을 하였다.

강의는 성공적으로 끝마칠 수 있었다. 그것도 큰 감동과 함께. 내가 준비한 내용이란 A4 용지 한장에 회사 브랜드 3개를 프린트한 것이 전부였다. 마침 강의한 날이 광개토대왕비와 장수왕릉을 보고 온 날이어서 감흥이 더 했을 수도 있다. 나는 그때 큰 카타르시스를 느꼈다. 내가 강의를 이렇게 잘하나? 나에게 이런 능력이 있었어. 졸기 쉬운 시간에 학생들과 호흡하면서 90분을 소화한 것이다. 그리고 아이들을 통한 나의 감동은 큰 결심으로 이어졌다. 이런 역사교육의 필요성을 느끼게 된 결정적 계기가 된 것이다. 기행을 통해서 아이들을 감동받게 하려는 목적은 의도와 달리 내게 큰 감동과 변화의 단초를 제공하게 된 것이다.

여행을 다녀와서 나는 다른 선생님들과 함께 학기중에는 매주 일요일 다음 탐방의 주제를 정하고 함께 공부하면서 방학에는 아이들과 함께 탐방을 떠났다. 그 기행은 끝이 없이 이어지고 있다.

2장

역사교사로 참여한 탐방의 기억

여행은 즐거웠고 의미 있었지만 뒷감당은 너무 무거웠다. 역사 탐방의 교사로 선다는 것은 많은 훈련이 필요했다. 매주 일요일 교회 예배 후 오후 시간에 교사들은 세미나에 참석하였다. 다음 탐방을 준비하는 주제를 정하고 책을 선정하여 강의안을 만들어야 했다. 탐방을 준비하면서 읽어야 할 참고 도서가 10권에 가까웠다. 이것을 한 학기내 준비해서 방학을 맞아야 한다. 매주 세미나도 참석이 버거운데 책을 읽고 요약하고 나누는 일은 더욱 힘들었다. 그래도 교사로 참석하겠다 약속한 일이라 비켜 갈 수 없는 일이다. 함께 하시는 선생님들은 직장인 또는 주부인 교회 중고등부 주일학교 교사였다. 이렇게 교사로서 훈련을 거치며 역사를 통해 과거를 보며 의미를 새기는 시간을 가졌다. 무엇보다 학생에 대한 따뜻한 사랑을 가슴에 품고 기도하시는 선생님들의 모습에 다음 세대를 위한 헌신의 모습을 보고 배울 수 있었다.

친구나라 명나라, 이웃나라 청나라

교사로 참석해서 처음으로 기획된 탐방의 주제는 “친구나라 명나라, 이웃나라 청나라”였다.명.청 교체기의 중국 상황을 주제로 자금성이 있는 베이징과 피서산장(청나라 황실의 여름 정원)이 있는 청더(承

德)를 방문하는 탐방이다. 교사들은 두 나라의 건국과 몰락이란 주제와 비단길, 초원길로 대표되는 무역과 산업의 변화, 외교와 전쟁을 다루는 책을 읽고 정리해야 했다. 주 교재는 박지원의 열하일기가 선정되었다. 박지원의 눈으로 중국을 바라보고 현재의 중국과 비교해야 했다. 이건 교회학교 교사 모임에서 진행하는 세미나가 아니라 전문 역사학회에서 진행하는 세미나라 해도 전혀 어색치 않을 주제들이었다. 잘못 발을 디딘 거 같았지만 물릴 수도 없는 노릇이었다. 적어도 한 차례는 참석해야 하지 않을까 하는 생각으로 매주 매주 힘들게 세미나를 준비하였다.

방학을 앞두고 참여 학생들의 모집이 끝나고 출발 전 오리엔테이션을 갖게 되었다. 참여 학생과 학생들의 부모님들이 참석한 가운데 바로 전 역사탐방에 참여한 학생이 나와 참여 후기를 발표하는 시간이었다. 초등학교 6학년 어린 학생이 나왔다. 역사 탐방 후 어떻게 생활이 바뀌었냐는 사회자의 질문에 "탐방 후 우리 아빠가 바뀌었어요, 술을 좋아하시는 아빠가 차를 마시고, TV 앞에만 앉아 있던 아빠가 책을 읽기 시작했어요. 꼭 아빠들을 보내세요"라 하자 참석자 모두는 깔깔 웃었으나 한 사람은 얼굴이 달아올랐다. 얼굴이 달아오른 사람은 나였고 발표자 학생은 둘째 아들이었다. 아들 눈에도 아빠가 변해가고 있음을 느꼈나 보다.

한 학기 동안 기행에서 할 강의를 정말 잘 준비를 했다. 지난번에 프린트 한 장으로 아이들과 멋지게 소통했는데 이번에는 충분한 준비 시간이 있어 더 잘 할 수 있겠다는 자신감이 넘쳤다. 멋진 PPT 자료를 만들었다. 드디어 강의날이 왔다. 보통 탐방은 현장 강의와 저녁 식사 후 오후 8시부터 시작되는 보충 강의로 구성되어 있다. 내가 준비한 강의는 비단길과 초원길에 관한 강의였다. 강의를 시작하고 5분이 지나지 않아 나는 엄청난 낙담에 젖어 들었다. 아이들이 졸기 시작하더니 아예 엎드려 자는 아이들도 있었다. 그 최전방에 사랑하는 두 아들이 있었다. '아 내가 강의를 이렇게 못하나? 지난번에는 아이들이 잘 들었는데 어찌된 일이지?" 머리가 하해지기 시작했다. 완전 실망을 한 채 어떻게 강의를 마쳤는지 모를 정도였다.

탐방 내내 아이들이 재미없어 한 이유가 무엇인지 곰곰이 생각해 보았다. 감동의 차이였다. 지난번 첫번째 강의는 나의 이야기를 했는데 이번의 강의는 남의 이야기를 했다. 사실만의 열거로 지식만을 전달한 강의였다. 이야기에 나만의 독창성과 진실이 없으면 감동이 없기 마련이다. 천당에서 지옥으로 떨어진 경험이었다.

7세기 통일에서 21세기 통일로

두 번째 탐방은 '7세기 통일에서 21세기 통일로'라는 주제로 신라와 백제의 옛 수도 경주와 부여, 공주를 답사하는 프로그램이었다. 한반도를 둘러싼 고구려, 백제, 신라의 대립속에서 외세를 끌어들여 통일을 이룬 신라의 선택은 정당한 선택이었는가? 하는 물음에서 탐방을 준비하였다. 외세를 불러들인 통일은 값비싼 대가를 치러야 했다. 신라는 당과 연합하고, 일본은 백제에 구원병을 보내고 고구려는 권력의 암투속에 힘을 잃어 가는 모습이 현재의 한반도 상황과 오버랩되기도 하였다. 특히 백제와 일본과의 관계속에서 문화와 문명이 어떻게 일본에 전달되었는지도 깊이 다룰 수 있어 많은 공부가 된 탐방이었다.

특히 이번 탐방은 탈북 청소년 대안학교인 '여명학교'학생들과 함께하면서 통일의 필요성을 공감하는 탐방으로 준비하였다. 여명학교는 탈북 청소년들의 한국사회 정착과 적응을 위해 만들어진 대안학교이다. 교육부 인가학교가 아니기에 대학을 가려면 검정고시를 치러야 했다. 같은 과정의 한국 학생보다 나이가 2~3살 정도 많은 학생들이다.

상하이에서 참석한 학생들과 여명학교 학생들이 함께 하는 탐방은 많은 걱정이 앞섰다. 나이 차이도 있고 살아온 배경이 달라 잘 어울릴 수 있을까 하는 걱정이었다. 그런 걱정은 기우였다. 첫 만남에 있는 잠깐의 어색함이 지나자 아이들은 급속히 친해졌다. 서로가 서로를 신기해했다. 특히 나이 든 여명학교 학생들이 어린 동생 같은 상하이에서 온 학생들을 잘 챙겨주었다. 영어와 중국어까지 할 수 있는 동생들의 모습에 부러움도 서려 있었다. 특히 영어식 표현이 많은 한국에서의 생활은 여명학교 학생들에게는 여간 불편한 것이 아닌가 보다. 언니 누나 형을 통해 전해 듣는 북한 이야기에 안타까움을 느끼기도 하였고 직접 경험한 탈북 과정 속의 위기의 순간들, 북에 두고 온 가족의 이야기를 들을 때 눈물을 짓기도 하였다. 역시 피는 물보다 진하다. 4박5일의 일정을 함께한 참가 학생들에게는 남도 북도 없었다. 이들이 함께 만들어 갈 미래만 있었다. 우린 만나야 한다. 갈등이 있는 곳에 만남이 있어야 하고 분단이 있는 곳에 만남이 있어야 한다. 만나서 상대를 듣고 존중하고 이해하는 과정속에 그 만남은 자연스런 해결책을 모색하게 될 것이다. 우린 작은 통일의 모형을 탐방을 통해서 경험하였다.

21세기 통일 리더, 작은 이순신을 찾아서

세번째 탐방은 '21세기 통일 리더 작은 이순신을 찾아서'란 주제로 탐방을 준비하였다. 지난 탐방이 '7세기 통일에서 21세기 통일'이란 주제로 통일의 꿈을 꾸었다면 이번 주제는 그 통일의 길을 가기 위해 우리 민족이 겪었던 4대 수난에서 교훈을 찾고자 하였다. 임진왜란과 병자호란 그리고 한일병탄과 6.25 전쟁을 통해 민초가 겪어야 할 고난과 아픔을 조명하고자 한 것이 탐방의 목적이었다. 마침 '최종병기 활'과 '고지전'이란 영화가 개봉이 되어 참여 학생들과 함께 영화로 시대를 생각할 수 있었다. 4대 수난은 민족의 수난이었지만 또한 국제전이었던 공통점을 가지고 있다. 모든 전쟁을 감내하고 지켜내야 할 사람들은 당 시대의 주인공들이 아니라 무지랭이로 치부 받아온 일반 백성들이다. 작은 이순신은 바로 그런 백성이다. 역사에 주인으로 등장한 영웅이 아니라 이름 없이 역사를 지킨 그런 백성들이었다. 그런 백성들의 헌신이 있어서 나라가, 민족이 버텨낼 수 있었던 것이다. 한 사람의 영웅이 아니라 기록되지 않은 작은 영웅들을 만나고자 하였다. 그 길 안내를 이순신이 맡았던 것이다. 잠실, 순천, 여수에서 과거의 전쟁을 만났고 거제에서는 현대의 아픔과 맞부딪혔다. 4대 전란은 우리에게 영웅이란 두 글자에 대하여 생각하게 하였다. 전란의 책임은 시대를 읽지 못하고 당리당략에 빠진 지도층에 있었다. 하지만 그 전란을 이겨낸 것은 민초의 힘이었다 작은 이순신은 결코 한 개인을 영웅화 하려는 시도가 아니라 전쟁의 환란을 꿋꿋이 이겨낸 민초의 대명사로 다루고자 하였다. 어스름한 달 빛 속에 홀로, 고독한 전운과 마주한 리더의 외로움은 칠흙보다 더 검은 암흑이었다. 이순신 장군은 민초와 더불어 이길 수 없는 전쟁을 지지 않는 전쟁으로 만든 것이다. 시대는 그런 지도자를 원하고 있지만 또한 그런 지도자와 함께 할 누군가를 기다리고 있는 것은 아닐까?

국난시기의 산업과 경제란 주제로 학생들을 만났다. 자기 기술의 일본 전래가 동북아 3국의 역사를 어떻게 변화시켰는지 나누었다. 우리가 가지고 있던 당시 최고 하이테크 산업인 도자산업이 일본에 전래된 이후 조선을 침략하는 재정적 바탕이 되어 돌아온 것이다. 우리 고유의 문화나 산업을 지키는 것이 중요함을 함께 나누었다.

가깝고도 먼 이웃 일본

네번째 탐방은 가장 기억에 남는 탐방이다. 교사로서 가장 많이 심도 있게 공부하였다. 일본의 역사, 문화, 인물, 산업, 종교를 넘나들며 다양한 분야를 파헤쳤다. 또 탐방을 가지 못한 안타까움이 숙제로 남아 있는 탐방이다. '가깝고도 먼 이웃, 일본'을 주제로 교사들은 다시 탐방의 세부 일정과 강의를 디자인하기 시작하였다. 개인적으로 대학시절 일본 도쿄(東京)에서 약1년간 어학연수를 한 경험이 있어 나름 친근하게 조금은 비교우위(?)에 있는 주제였다. 역시 산업과 무역에 대한 주제를 맡게 되었다. 일본 5대 상인의 특징에서부터 현대 일본의 대표 기업 소니와 마쯔시다, 토요타 경영 등 일본 기업에 관한 경영 분석서를 찾아 읽었다. 기본적으로 짧은 시간내에 일본 상인의 특징과 기업의 경영 형태에 관한 짤막한 강의가 완성되었다. 그런데 뭔가 허전함이 있었다. 일본을 좀 더 깊게 파헤치고 싶은 개인적 욕망이었다. 동북아 한·중.일 삼국을 우린 대체적으로 중국의 역사와 문화에 대해서는 일본보다 월등히 많은 정보를 가지고 있다. 반면 일본의 역사는 우리와 관련된 몇몇의 인물 외에는 아는 사람이 없었고 심지어는 왕조의 변화조차 알지 못했다. 통시적으로 일본 역사를 정리할 필요가 있었다. 일본의 신화에서 출발하여 래도인(來島人)이라 불린 한반도인들의 일본 도래, 막부 설립과 춘추전국시대, 통일과 임진왜란, 도쿠가와 막부와 메이지 유신 등 흐름을 정리하였다. 특히 일본의 개항과 근대화 과정은 개인적으로 많은 질문과 사색이 있었던 공부 시간이었다. 자연스럽게 한국과 일본을 비교하게 되었고 당시 선택의 차이만큼 현재의 한국과 일본의 사회, 경제적 거리를 느낄 수 있었다. 아편전쟁을 바라보는 두 나라의 시각, 이양선(異樣船)의 출몰 배경의 차이, 쇄국과 개항의 차이, 메이지 유신과 정한론 정말 다양한 주제들이 책 속에서 계속 올라오고 있었다.

메이지 유신 과정을 공부하면서 충격적인 사실과 인물을 접하게 되었다. 일본 근대화의 상징인 메이지 유신은 흔히 '샷쇼동맹'이라 불린 사쓰마 번(番)과 조슈 번(番)의 연합에 의해 완성된 개혁이다. 그런데 이 두 번은 일본 본토 제일 서쪽과 큐슈(九州) 서남단에 있는 변방의 번이다. 그들은 변방에서 어떻게 중앙의 막부체제를 무너뜨릴 수 있었을까? 이 두 번의 공통점은 일찍이 서양문물과의 접촉이 있어 세계사의 변화에 능동적으로 대처할 수 있는 체질이 형성되어 있었고 다른 하나는 막대한 재정적 뒷받침이 있었다는 것이다. 산업을 육성하여 기업의 잉여이익금에 해당되는 예비재정을 꾸려 인재를 육성하고 필요할 때 번의 재원으로 요긴하게 쓰인 것이다. 두 번의 재정충당을 맡은 산업은 바로 도자산업이었다. 임진왜란때 일본으로 잡혀간 조선의 도공에 의해 일본에서 자기가 생산되게 되고 그 자기는 일본 국내는 물론 유럽까지 수출되어 막대한 이익을 이들 번에게 안겨준 것이다. 이런 자금으로 인재를 지속적으로 육성하고 막부타도에 필요한 무기 구입과 군대 유지비용으로 사용한 것이다. 즉 우리가 가지고 있던 자기 생산의 원천기술이 일본에 넘어가 꽃을 피워 메이지 유신을 거쳐 조선 침략의 도구가 된 것이다. 가치를 알아보지 못한 기술은 부메랑이 되어 우리의 심장으로 날아온 격이다.

한 인물과의 조우는 개인적으로 더 큰 충격이었다. 메이지 유신 성공이후 일본 신정부내에서는 끊임없이 정한론(19세기 말 일본이 조선을 점령해야 한다는 사상 또는 신념)이 대두되었다. 이 정한론의 완성은 이토 히로부미로 대변되는 조선병탄이다. 청일전쟁과 러일전쟁을 거치면서 조선에서의 영향력을 확대한 일본은 1905년 조선의 외교권을 박탈하고 1910년 조선을 병탄하고 총과 칼을 앞세운 무단통치로 조선을 유린하였다. 1919년 3.1운동이 발발하자 일명 문화통치로 불리는 유화적 제스처로 그 행태를 바꾸었으나 이는 양의 탈을 쓴 늑대의 모습에 지나지 않았다.

1905년 외교권이 박탈되고 1919년 3.1운동까지 약15년 동안 조선의 통감, 총독, 일본공사, 주차군사령관을 지낸 8명은 한 지역 출신이라는 공통점을 가지고 있었다. 또한 그들은 한 사람 밑에서 동문수학한 동창의 관계였다. 이는 조선이 일본에 당한 것이 아니라 일본의 특정 지역 아니 특정 인물 한 사람에게 당한 꼴인 것이다. 그 인물은 바로 일본의 교옥가이며 사상가로 불린 정한론의 태두 요시다 쇼인(吉田松陰)이다. 그는 30살의 짧은 인생을 살다 갔다. 30살의 젊은이에게 오백년 역사를 자랑하는 조선이 맥없이 무너진 현실을 바라보는 심정은 참담하였다. 차라리 나이라도 많았으면 덜 억울했을 것 같았다. 내 인생 서른에는 무엇을 하였던가? 빈부격차, 신분차이 구분없이 열린 교육으로 길러낸 제자들이 메이지 유신의 주역으로 성장하고 스승의 유훈을 받아 정한론을 완성한 것이다. 이 불편한 사실을 접하며 나는 끊임없이 내 자신에게 묻고 대답하는 시간을 보냈다. 나는 무엇을 할 것인가? 무엇을 할 수 있나? 서른의 젊은이도 한 일이라면 나도 무언가 할 수 있지 않을까?

그와의 만남은 교사로서 가져야 할 태도와 방향성에 대한 깊은 성찰의 계기가 되었다. 그에게는 작은 사랑만 있었다. 일본 민족에 대한 우월성 강조는 타민족에 대한 배타성으로 연결되었다. 그의 영향을 받은 일본 우익이 일으킨 청일전쟁, 러일전쟁, 중일전쟁, 태평양전쟁으로 이어진 수많은 전쟁은 오직 공존이 아니라 지배가 목적이었다. 이는 결론적으로 수많은 사람들을 죽음과 공포에 밀어 넣었으며 일본 국민들에게 고스란히 피해로 돌아가게 된 것이다. 그는 진정한 스승은 아니었다.

요시다 쇼인을 만나면서 교사로서 서는 것에 대한 막중한 책임과 두려움이 느껴졌다. 우리의 아이들은 대한민국의 국민뿐만 아니라 세계 시민으로 살아가야 할 존재들이다. 역사를 이야기하면서 지나치게 국수주의적 관점에 빠지게 되면 편협된 사고관이 형성될 것이고 지나치게 세계시민적 관점에서 미래지향에 초점을 맞추면 한민족의 정체성 형성에 어려움이 있을 수 있다. 특히 해외거주 청소년들 입장은 더욱 그러하다. 한민족 정체성을 잃지 않으면서 인류 보편적 세계시민으로서의 시민의식을 심어 주는 적절한 균형이 필요함을 느낄 수 있었다. 쉽지 않은 숙제이다.

선생님들의 준비와 달리 학생 모집은 원활치 않았다. 일주일 이상의 일본여행은 비용이 만만치 않았다. 비싼 교통비와 숙박비로 학생들이 지불해야 할 비용은 기존의 한국이나 중국내 탐방비용의 두배를 넘게 되었다. 당연히 학부모들은 선택의 길에서 고민하게 되었다. 여름에 계획된 여행은 겨울방학으로 옮겨 진행하기로 하였다. 하지만 학생들의 모집은 아직도 끝나지 않았다.

2부

HERO역사연구회 설립과 활동

1장

변화의 시작

새로운 돌파구

일본 역사탐방이 연기되었을 때 교사 모임에는 작은 변화가 있었다. 교사 모임의 리더였던 선생님이 한국으로 귀임을 하시게 되었다. 역사탐방과 매주 세미나를 준비하신 선생님의 귀임은 자연스럽게 조직을 느슨하게 하는 결과를 낳았다. 다음 탐방에 대한 주제와 시기, 세미나 모든 부분에서 선장을 잃은 배와 같이 방향을 잃고 헤메고 있었다. 무엇보다 사업과 탐방을 병행하는 개인적 입장에서 조금은 비껴가고 싶은 충동이 내 마음속 깊은 곳에서 올라오고 있었다.

조직이 크든 작든 리더의 중요성을 다시 느끼는 순간이었다. 먼저 고민하고, 먼저 행동하고, 먼저 준비하셨던 그 수고와 외로움이 느껴졌다. 일단 교사들은 잠시 휴식기를 취하였다. 함께 한 교사들은 짧게는 일 년에서 많게는 이, 삼 년의 시간을 역사탐방과 함께 헌신하신 분들이다. 종교라는 공통 분모를 가지고 나와 남을 생각할 수 있는 미래의 일꾼을 키우는 공동의 목표를 향해 각자의 시간과 열정을 쏟아 부으신 소중한 분들이셨다.

휴식의 시간은 달콤하지 만은 않았다. 매주 있던 일요일 오후 세미나 시간에는 뭔가를 놓치고 있는 느낌이 들었다. 몸은 편했지만 마음은 왠지 불편하였다. 마치 해야 할 숙제를 하지 않고 놀고 있는 어린 학생의 마음과 같았다. 책을 읽고 발표 자료를 준비하던 시간은 TV를 보는 시간으로 대체되며 전혀 긍정적인 방향으로 변하지 않고 있었다. 다른 교사들의 상황도 큰 차이가 없었다. 학업과 직장 내 순환 근무로 한국으로 돌아가신분도 생겼고 상하이를 떠나게 된 선생님도 있었다. 강력한 구심점이 사라진 곳에 작은 균열은 금방 조직을 와해 수준으로 변화시켰다.

역사탐방을 통해 누구보다 역사교육의 중요성을 느끼고 있던 터라 새로운 돌파구를 찾아야 했다. 그 무렵 평소 알고 지낸 대학생 모임에서 강의를 의뢰해 왔다. 상하이에서 공부하는 대학생들이 꼭 알아야 할 한·중간의 역사와 문화에 대한 주제였다. 새로운 도전이 될 거 같았다. 강의는 6강으로 구성되어 약 2달간 진행을 하였다. 중국에 대한 인문학적 고찰을 대학생들과 함께 나누는 자리를 준비하였다. 중국 문화를 설명하는 구성으로는 '중국차의 종류와 음다법'과 '도자기가 바꾼 한·중.일의 역사'를 주제로 잡았다. 차와 도자기를 중심으로 중국 문화에 대해 조금 넓은 이해를 나누는 강의를 준비했다. 중국 철학과 고전으로 '공자에게 배우는 공부법'과 '손자병법으로 바라보는 중국 비즈니스'를 선정하여 논어와 손자병법을 통해 동양고전을 이해하고자 하였다. 특히 손자병법을 강의할 때는 중국 원문 손자병법을 교재로 나눠주고 '손자병법 낙서하기'란 부제를 달아 원문에 스스로 주석을 달아 보는 시간을 가졌다. 마지막으로 역사 부분에서는 '대한민국 임시정부는 왜 상하이에 수립되었는가?'와 '징기스칸, 내 마음속 지배영토를 확장하라!'로 정하였다. 상하이에서 공부하는 대학생으로 최소한 알고 있어야 할 우리 독립의 역사를 조명하였다. 이역만리 타국에서 독립 선열들이 가졌던 꿈의 크기에 대한 강의였고 마지막으로는 징기스칸의 생애를 통해 조건을 탓하지 않고 내 안에 있는 적을 물리치는 순간 칸이 되었다는 그의 삶의 궤적이 우리 독립운동가들이 가졌던 꿈이지 않았는가를 전하는 희망의 메시지로 전체 강의를 구성하였다.

강의는 학생들의 호응속에 잘 끝났다. 대학생활에 새로운 활력소와 자신을 돌아보는 강의였다는 소감도 있었고 중국에서 학창시절을 보내는 대학생으로 적어도 꼭 알아야 할 인문학적 소양을 넓히는 강의란 후기에 그 동안 준비한 수고에 보람을 느낄 수 있었다. 마지막 강의에 학생들이 준비해준 작은 감사패는 그 어떤 상장보다도 값진 선물이 되었다.

이후에 크고 작은 강의 의뢰가 있었다. 역사에만 국한되지 않고 중국의 문화, 철학에 대한 강의 의뢰가 오면 '배워서 남 주자'라는 생각아래 기쁜 마음으로 준비를 하였다. 우리 청소년들과 유학생을 위한 강의가 대부분이었다. 강의를 듣는 누군가에게 선한 찔림이 될 수 있다는 기대감은 시간과 열정을 쏟아 붇기에 전혀 아깝지 않았다. 젊은 청년들과의 교류를 하게 되면 스스로 얻는 에너지는 작지 않다. 함께 나누는 시간은 강의를 돌아볼 수 있는 시간이 되었고 그들의 호응은 더 많은 청년들을 만나야겠다는 의욕으로 다가왔다.

HERO역사연구회 설립

함께 하시던 선생님들이 이런저런 이유로 상하이를 떠나자 활동은 개인적 부분에서만 진행되었다. 산발적으로 몇몇 단체나 조직에서 역사와 문화 강의 의뢰가 있어 지속적으로 공부하고 또 청중 앞에 서는 훈련은 되었지만 뭔지 모를 허전함은 버릴 수 없었다. 분명 청소년 역사교육에 관심을 가진 분들이 있을 것이라 생각하였다. 교사진을 새롭게 꾸려야겠다는 결심이 서게 되었다. 기존의 교사모임은 신앙의 공통분모에서 결성되었다면 이번에는 교민속으로 들어가서 확장적으로 교사진을 꾸려볼 생각으로 주변을 탐문하고 관심을 가질 만한 분들을 주의 깊게 관찰하였다. 우선은 역사탐방을 이어가는 단체를 표방하기에 전문적으로 역사를 공부하시는 선생님들을 모시는 게 제일 관건이었다. 다행히 상하이 대학원에서 역사를 전공하는 석·박사생 선생님들을 한 분, 두 분 모시게 되었다. 또 청소년 교육에 관심을 가지고 있는 몇몇 분들이 참여하여 다시 공부하는 모임을 만들 수 있었다. 특히 역사 전공자들의 합류는 세미나 진행에 중심적 역할을 담당하여 많은 심적 부담을 덜어주었다. 이런 일도 있었다. 어렵게 모신 선생님들이 함께 세미나를 진행하면 한,두 번 참석하고는 도저히 따라가지 못하겠다며 교사 모임에서 나가시는 분들이 생겨났다. 아마 매주 고정된 시간에 함께 공부하는 것이 생활과 병행하기에는 쉽지 않은 것이었나보다.

교사 모임이 진용을 갖추자 방향성에 대한 토론을 거쳤다. 무엇을 어떻게 공부하고 가르칠 것인가가 주된 요지였다. 또한 모임의 정체성을 정하고 모임 이름을 정하는 문제도 논의되었다. 해외에서 자라는 청소년들은 우리 역사와 문화에 대해 접할 수 있는 기회가 별로 없다는 현실에서부터 출발하였다. 이곳에서 태어났던가 또는 초등학교 시절 부모님을 따라 해외생활을 하게 된 아이들에게 우리 역사를 어떻게 하면 쉽게 접하게 하고 관심을 가질 수 있게 할까 라는 질문을 던지고 구체적 대안을 고민했다. 결론적으로 우리 청소년들에게 한민족의 정체성을 심어 주어 나와 남을 구별하며 상대를 존중할 수 있는 세계 시민으로 성장하는데 작은 보탬이 되어보자는 목표를 설정하게 되었다. 역사를 기반으로 한 강의와 탐방을 주 활동으로 방향을 잡았다. 이러한 논의를 거쳐 연구회 모임의 이름을 'HERO역사연구회'로 정하였다. 우리 역사를 다루는 연구회 이름에 영어를 쓴다는 것이 불편한 분들도 있었지만 의미에는 모두 동의하였다. 'HERO역사연구회'의 HERO는 두 가지 의미를 가지고 있다. 첫째는 사전적 의미로 '영웅'을 뜻한다. 역사속에서 진정한 영웅이란 누구일까? 라는 물음을 던지며 그 영웅을 찾아, 만나고, 닮아가는 여정의 의미를 담았고 다른 하나는, 영문 글자의 조합이다. 즉 역사(History)를, 탐험(Exploration)하고, 연구(Research)하는 단체(Organization)의 첫 글자를 딴 것이다. 연구회의 정체성과 방향에 부합하며 쉽게 기억에 남는 이름이라 생각한다.

이름이 정해진 후 강의에 대한 방향을 잡아 나갔다. 여러 번의 의견 조율 끝에 우리는 영화를 매개로 한국사를 가르쳐 보기로 하였다. 책 보다는 영화나 음악에 더 관심을 가지는 청소년들의 눈높이에 맞는 교육방법을 찾기 시작하였다. 학생들에게 친숙한 역사물을 선정하여 영화 속 중요 장면을 4~5가지를 뽑아 그에 대한 배경 설명과 만약 우리가 당 시대의 사람이었으면 어떤 결정을 내렸을까? 라는 질문까지 던지고 나누는 콘셉의 강의 구성이 완성되었다. 영화는 고대사에서부터 현대에 이르기까지 한국사를 시대적 흐름 속에 이해할 수 있는 통사적 접근이 가능한 영화들을 선정하였다. '황산벌'과 '평양성'을 통해 삼국시대와 신라의 통일 과정을 살펴보았고, '신기전', '명량', '최종병기 활', '광해'에선 전쟁의 피해와 조선 시대를 조명할 수 있었다. '고지전', '포화속으로'의 영화는 동족상잔의 비극인 6.25전쟁을 다루기에 안성맞춤이었고 '국제시장'에선 파독 광부와 베트남 파병의 현대사의 명암을 살펴볼 수 있었다. 영화를 선정해보니 고려시대를 배경으로 한 마땅한 영화가 없었다. 아마 수도였던 개성이 북에 있고 조선시대를 거치면서 고려 관련 자료들이 외면당한 이유로 콘텐츠 제작에도 어려움이 있었던거 같다. 실재적으로 사학계 내부에서도 고려에 대한 연구 자료가 고대사나 조선사 대비해서 훨씬 적다고 한다. 부족한 시대는 역사 사극으로 대체하였다.

전체적인 구성은 만족스러웠다. 무엇보다 강의를 준비하는 선생님들부터 즐거워했다. 함께 영화를 보고 중요 장면을 잡아 내고, 학생들과 나눌 질문을 만들어 가는 과정속에 모임은 안정화되고 내부적으로는 유대감이 형성되어 갔다. 총12편의 강의가 완성되자 학생들을 대상으로 수업을 진행하였다. 최소의 비용으로 학생들을 모집하여 보고 듣고 나누는 '영화로 만나는 한국사'를 시작하였다. 토론식 수업의 특성상 많은 인원보다는 10명 전후의 학생들과 심도 있는 나눔을 목적으로 하였다. 영화를 통한 수업이라 학생들도 역사를 어려워하지 않고 쉽게 한국사를 이해해 나갔다. 우리가 추구한 목표가 어느정도 방향을 잡아감을 느낄 수 있었다.

'영화로 만나는 한국사' 강의가 모임의 대표 강의로 자리매김해 나가자 보다 큰 규모의 강의 의뢰가 들어왔다. 상하이에서 국제학교에 다니는 한국 학생들을 위한 역사특강을 진행하였는데 초등학생과 중,고등학생을 나눠서 각각 150여명이 넘는 학생을 대상으로 진행하였고 주상하이대한민국총영사관과 협력하여 '재미있는 역사탐구 교실'이란 이름으로 1년에 걸쳐 6번 강의를 진행하였다. 이 강의는 참여학생이 많아 이듬해부터 초등학생과 중,고등학생을 나누어 진행을 하였다.

'영화로 만나는 한국사'가 자리를 잡자 중국사에 대해서 동일한 개념의 강의를 준비하였다. 중국에 거주하는 청소년들에게 우리 역사 뿐만 아니라 중국의 역사도 쉽게 설명하여 한·중간의 이해의 폭을 넓혀보자는 의도였다. '영화로 만나는 중국사'는 한국사를 만든 기본 포멧이 있어 보다 쉽게 준비할 수 있었다. 각 시대를 대표할 수 있는 영화를 선정하였다. '공자'와 '영웅'을 통해 춘추전국시대를, '초한지','적벽'을 통해 분열에서 다시 통일의 시대로 넘어가는 시대를, '적인걸'을 통해 당나라를, 그리고 정화 함대와 청의 건국을 다루는 다큐를 선정하였고 마지막으로 '신해혁명' 영화를 선정하여 근대 중국의 시대상을 담았다.

영화를 통해 한·중의 역사를 다루며 매년 3.1절과 8.15 광복절에는 교민들과 청소년을 대상으로 상하이 주변에 산재해 있는 독립운동의 현장을 살폈다. 상하이 3대 의거지를 탐방하고 쟈싱(嘉兴)의 김구 피난처 항저우(杭州)의 임시정부를 찾기도 하였다.

이러한 활동이 지속되자 우리 연구회는 다양한 활동을 전개해 나갈 수 있었다. 자체적으로 강의를 개설하기도 하였고 특정 집단에서 강의를 요청하기도 하였다. 특히 중국 중,고등학교내 부설되어 있는 '국제부'의 한국학생들을 대상으로 고정적으로 강의를 하게 된 것과 교환학생이나 단기 어학연수로 상하이에 온 대학생을 대상으로 중국사와 문화를 강의하게 된 것은 여러가지로 의미있는 성과였다. 연구회내에 전문적으로 연구 영역을 담당하시는 석,박사 선생님들에게는 학생 앞에 설 수 있는 계기가 되었으며 강의 사례금은 힘든 학업에 작은 도움이 될 수 있었다.

다봄주말학교 설립

우리 연구회가 추구하는 목표는 역사 교육을 통해 나와 남을 구별할 수 있는 분별력을 키우는데 있다. 여기서 '나'를 지나치게 강조하면 민족주의에 빠지기 쉽고, '남'만을 부각시키면 사대주의에 빠지는 우를 범할 수 있다. 우리 역사를 매개로 가르치고 나누지만 민족주의에 입각한 애국자를 양성하는 것을 목표로 하지 않았다. 내가 중요하듯이 남도 중요함을 일깨워 주어 서로 상대방을 존중할 수 있는 힘을 가르치고자 하였다. 내가 상대방을 존중하듯이 상대방으로 하여금 나를 존중하게 하려면 내가 먼저 우리 역사와 문화에 대한 자긍심이 있어야 한다. 우리 청소년들이 살아 가야 할 세상은 국경의 의미도 모호해지고 민족의 구분도 약해지는 그런 세계에서 살 게 될 것이다. 서로에 대한 존중은 평화로 이어질 것이며 다름의 인정은 문화의 교류를 촉진할 것이다. 이러한 정체성에 기반한 교육은 나이가 어릴수록 더 효과적이고 파급력이 크다는 생각을 공유하게 되었다.

어린 학생들을 위한 정기적이고 체계적인 교육의 필요성이 공감되자 주말학교 설립이 논의되었다. 중국거주 청소년들은 복잡한 언어 환경에 노출되어 있다. 가정에서는 한국어가 중심이고 생활은 중국어가 필수인 환경에서 학교에서는 중국어 또는 영어를 공부해야만 한다. 거기에 학교의 수업 또한 따라가며 학습을 해야 하는 2중, 3중의 어려움에 처해있다. 또래의 한국의 학생들보다 공부해야 할 양과 스트레스를 많이 받을 수밖에 없는 구조이다. 그러다보니 우리 역사나 문화에 대해서는 접할 수 있는 기회도 적고 설령 있다 하더라도 우선 순위에서 밀리게 될 수밖에 없다.

상대적으로 공부에 대한 부담이 적은 초등학생을 대상으로 문해력을 높이는 국어 수업을 바탕으로 우리의 문화와 역사를 가르치는 특화된 주말학교를 꿈꾸게 되었다. 당시 상하이에는 몇 백명이상 되는 주말학교가 두 군데나 있었다. 전부 한국의 교과 과정을 따라가는 프로그램이었다. 부모를 따라 2-3년 거주 후 한국으로 복귀하였을 때 한국 교과 과정에 크게 뒤쳐지지 않는 것에 목표를 둔 교과과정이었다. 그 과정을 따라 가는 학교를 따로 만드는 것은 의미가 없었다. 우리는 우리의 글과 말, 역사, 한민족 고유 문화를 가르치고 공동체 놀이를 통해 함께 어우르는 법을 나누는 학교를 설립하기로 의견을 모았다.

학교의 이름은 '다봄주말학교'라 지었다. 역시 여러가지 뜻이 담겨 있다. 다에는 '많다', '크다'의 의미가 있다. 초등학생들은 인생에 있어 봄 같은 존재들이다. 봄은 대지의 생명력이 새싹으로 움터 성장하는 시기이다. 수많은 가능성과 잠재력이 내포되어 있는 시간이다. 우리의 아이들 또한 마찬가지이다. 이 아이들에게 봄의 큰 기운이 전달되어 크게 성장하라는 바람이 담겨 있다. 또 '다'는 전부의 의미도 있다. 아이들이 바라봐야 할 세상은 앞의 미래만이 아니라 뒤의 과거도 살필 수 있어야 하고 나만 보는 것이 아니라 좌우 주변을 살필 수 있는 지혜가 있기를 소망하였다. 그렇게 '다봄'이란 학교를 설립하였다.

초기 학교 공간은 대학이나 중국 학교의 교실을 임차하여 사용하였다. 코로나 이후 공공기관인 학교는 관련자 외의 출입이 엄격해 지자 지금은 HERO역사연구회 강의 공간에서 매주 토요일 4시간의 수업으로 진행하고 있다. 교사진은 HERO역사연구회의 석,박사 연구원들로 구성되었다. 다봄학교 설립은 어린 학생들을 대상으로 한 역사교육이란 한 가지 목표와 HERO연구 선생님들에게는 교사로서의 마음가짐을 배우고 익히며 또한 약간의 고정적인 사례금으로 학업과 생활을 병행하는데 작은 도움이 되고자 하는 다른 부가적 목표를 염두한 출발이었다.

나를 사랑하는 사람, 남을 사랑하는 사람, 우리를 사랑하는 사람의 3대 교육목표를 설정하여 출발한 다봄학교는 2024년 어느덧 11년째를 맞고 있다. 매년 우리 역사를 바탕으로 동시 외우기, 한복입기, 민화그리기, 연 만들기, 김치 담그기 등 여러 문화수업과 독립유적지 탐방, 미술관 탐방, 야유회를 통해 몸과 마음이 건강한 미래 세대들을 교육하고 있다. 교사와 공간의 제약으로 많은 학생들과 함께 하지 못하지만 매 학기 40여명 전후의 학생들이 고정적으로 등록을 하고 있다. 학창 시절 선생님의 따뜻한 말씀 한 마디가 우리에게 큰 영향력을 미쳤던 옛적을 기억하며 우리 선생님들도 사랑으로 아이들의 꿈을 물으며 그들의 눈을 맞추고 있다.

HERO드림봉사단

다봄 주말학교가 초등학생을 위한 교육이라면 HERO역사연구회는 중,고등학생을 대상으로 한 봉사단체를 운영하고 있다. HERO드림봉사단이다. HERO드림봉사단의 전신은 상하이드림봉사단(줄여 상드봉이라 함.)이다. 한때 대학 입시에 '자기소개서'가 중요한 비중을 차지한 적이 있었다. 물론 지금도 해외로 대학을 진학하기 위해서는 에세이 작성이 필수인데 에세이의 상당히 많은 영역은 아직도 자기소개에 해당하는 학창시절의 에피소드로 작성된다. 학창시절 특별한 활동과 체험속에 느낀 점들이 대학진학의 이유와 학창시절을 가늠할 수 있는 자료로 사용되고 있다.

상하이에서는 우리 청소년들이 참석할 수 있는 봉사의 기회는 많지 않다. 교민 행사나 정부 기관의 공식행사에 안내와 업무 보조를 할 수 있는 정도이다. 더군다나 그 수도 제한적이다. 2012년 무렵 학부모와 학생을 중심으로 자발적인 봉사단체가 조직되었다. 바로 상하이드림봉사단이다. 이 단체는 매주 일요일 아침 8시에 한인 밀집 거주지역에 모여 주변의 쓰레기를 청소하는 종이줍기 봉사를 꾸준히 하였다. 평소 이른 등교로 아침 잠이 부족한 학생들이 일요일까지 잠을 설치며 나와 종이 줍기를 한다는 것은 여간 대견한 일이 아니다. 종이 줍기 봉사활동이 끝나면 간단한 간식과 더불어 학부모 중 한 명이 아이들과 좋은 글이나 본인의 삶을 나누는 그런 활동을 해 나갔다. 학부모만으로는 강의를 이어가지 못하자 한인 교민사회의 여러 인사를 초빙하여 간단한 강의를 진행하였다. HERO 역사연구회도 그런 강의자로 만나게 되었다. 한 달에 한 번씩 고정적으로 학생들과 만남을 이어왔다. 주로 우리 독립운동의 역사와 중국의 문화에 대한 강의를 준비하였다.

봉사단을 만들고 단장으로 헌신하신 선생님이 2017년 타 지역으로 이주하시면서 우리 연구회에 봉사단을 이끌어 달라는 부탁을 하셨다. 연구회에게 또 다른 도전이 되는 길목이었다. 무엇보다 시간이 문제였다. 토요일에는 주말학교가 있는데 일요일 아침까지 활동을 하는 단체를 맡는 것은 쉬운 결정이 아니었다. 내부적 상의 끝에 어려움을 전달하였으나 떠나시는 단장님의 설득 또한 만만치 않았다. 순수한 마음으로 청소년 교육에 뜻을 가지신 분을 모시기 어렵다는 요지였다. 다년간 봉사단과 연계한 HERO역사연구회가 최적의 선택이며 아이들의 환한 미소를 떠오르면 무책임하게 떠 날수 없다며 제발 살려(?)달라는 협박에 가까운 읍소 전략을 펼치신 것이다. 참 난감한 상태이다. 연구회는 다시 내부 토의를 거쳐 한인지역에 거주하시는 선생님이 단장을 맡고 다른 선생님들이 돌아가면서 강의를 맡아 주는 것으로 하고 봉사단을 맡게 되었다.

봉사단을 맡으면서 작은 변화를 추진하였다. 양로원 봉사라든가 한인축제에 부스를 얻어 바자회를 운영하는 전반의 업무를 부모님에서 학생들이 중심이 되게 하고 어른들은 학생들의 보조 역할을 담당하게 하였다. 봉사증 발급 때문에 참석하는 학생들도 있지만 여러 활동을 통하여 변화하는 모습을 볼 때면 동기 불문하고 학생들이 함께 하는 것은 많은 의미 있는 활동임에는 분명하였다. 물론 마음 급하신 어머님들은 아이들에 앞서 행동하시기도 하였지만 점점 학생들 중심의 단체로 거듭나게 되었다.

여름 방학이면 한국에 나가는 학생들이 많은데 그때는 한국의 역사 유적지를 돌아보는 작은 탐방을 꾸리기도 하였고 순수 학생들이 기획하여 야유회와 체육대회를 개최하기도 하였다. 코로나 기간에는 한국의 NGO 단체와 연계하여 청소년 통일 논문대회에 참석하였는데 우리 학생들이 바라보는 통일의 가능성을 엿볼 수 있었다.

이제는 봉사단은 HERO드림봉사단으로 이름을 바꾸어 제2의 창단을 하고 있다. 상하이의 대한민국 독립운동지를 안내하는 청소년 해설사를 육성하고자 한다. 참여 인원에 연연하지 않고 진정 공동체를 사랑하는 봉사 정신을 배워 갈 수 있는 단체로 성장하려 한다.

HERO임정학교

HERO역사연구회는 '다봄주말학교'와 '드림봉사단'을 운영하고 국경절 및 역사사건과 연관된 날에는 교민들을 대상으로 역사탐방을 진행하면서 나름 교민사회에 뿌리를 내리기 시작하였다. 여러 단체들과의 협업도 늘어나기 시작하였다. 나름대로 여러가지 콘텐츠의 완성도가 자리 잡아갈 즈음 '임시정부수립 100주년'이란 화두와 접하게 되었다. 특별한 사건과 역사적 의미가 있는 날의 기억은 남다르다. 매일 똑같이 맞이하는 날이지만 우린 달과 년으로 구분하여 일 년이란 순환속에 그 날을 특별히 기억한다. 임시정부수립 100주년이 바로 그런 의미 있는 날이다. 우리 근대사에 100년을 기념하는 최초의 행사가 될 것이라는 기대감이 있었다. 그 100주년에 임시정부의 수립지인 이곳 상하이에 있다는 것은 분명 또 다른 역사의 한 현장에 있게 됨을 의미한다.

상하이에서 독립운동사를 연구하고 강의하는 HERO역사연구회가 할 수 있는 일에 대하여 고민하기 시작하였다. 임시정부에 초점을 맞추는 것은 당연한 귀결이었다. 임시정부 수립의 의의와 임시정부 활동에 대해 제대로 알려야 하는 책임을 느꼈다. 누구의 강요에 의한 선택도 아니었다. 우리가 지속적으로 한 활동이고 남들보다 조금은 더 재미있고 넓게 이야기할 수 있을 거 같아서 용기를 내기로 하였다.

상하이를 방문하는 수많은 단체 관광객들은 시내 중심에 있는 대한민국임시정부청사는 빠지지 않고 방문을 한다. 루쉰공원 내에 있는 윤봉길 의사 생애사적관은 선택적이지만 많은 한국인들은 찾아가는 수고를 아끼지 않는다. 관람 시간은 보통 입장하여 10~15분을 넘기지 못한다. 주마간산 식의 방문이지만 그래도 두 곳을 방문해야 숙제를 마친 학생의 마음이 들고 왠지 독립선열에 대한 최소한의 예의를 갖췄다는 느낌이 드는 것이 사실이다. 백범 김구와 윤봉길 의사로 대변되는 임시정부의 고정적인 관념이 굳어지는 순간이다. 이러한 고정적인 틀을 깨고 싶었다. 백범과 윤봉길만으로 대변되는 독립운동, 임시정부의 활동이 아니라 수많은 독립선열의 수고와 헌신을 전하는 특별한 프로그램을 만들고 싶었다.

상하이는 두 곳의 대표적 독립 유적지 외에 무수히 많은 임시정부 관련 현장이 남아 있다. 임시정부 초기 활동에 큰 역할을 하신 독립운동가들이 묻혀 있던 만국공묘, 윤봉길 의사의 홍커우 의거와 더불어 상하이 3대 의거로 불리는 황포탄 의거와, 육삼정 의거지, 흥사단의 원동위원부 옛터, 1921년 1월 1일 임시의정원 의원과 정부 각료가 신년하례식을 한 장소, 윤의사가 체포되고 구금된 일본 육전대 사령부 건물 등 조금만 관심을 가지면 쉽게 둘러볼 수 있는 위치에 있었다.

연구회 내부에서 김구 선생과 윤봉길 의사로 대변되는 독립운동사가 아니라 다양한 사건과 인물로 우리 임시정부의 역할과 독립운동의 의미를 새기는 강의와 탐방을 준비하였다. 기존에 경험하지 않았던 새로운 시도였다. 상하이를 중심으로 쟈싱과 항저우 그리고 난징까지 탐방의 거리를 확장하여 적어도 화동지역을 중심으로 우리 독립운동사를 제대로 강의할 수 있게 내부 세미나를 구성하였다.

탐방의 일정과 기본 강의안이 확정되자 교민을 대상으로 두 차례에 걸쳐 현장 탐방을 진행하였다. 대중 교통을 이용하여 상하이

곳곳에 숨어 있는 독립현장에서 선열들의 뜨거운 염원을 강의하였다. 참가자의 반응은 기대 이상이었다. 상하이라는 같은 공간에서 100년의 시차를 두고 다른 시간을 사는 우리와 독립 선열은 이야기를 통해 만나고 있었다. 만남은 감사함과 미안함으로 함께 다가왔다. 나라를 찾고자 이역만리 남의 땅에서 험난한 시간을 보낸 독립 선열에 대한 감사함은 이내 상하이에 이런 곳이 있었어 하는 무지의 책임에서 느끼는 미안하고 죄송한 감정으로 변해갔다.

몇가지 보충할 사항도 있었지만 프로그램을 진행 할 수 있겠다는 자신감이 들었다. 100주년이 되는 2019년에는 수많은 탐방단과 방문객이 이곳 상하이와 임시정부 관련 유적을 방문할 것이라 예상하고 한 해 먼저 프로그램을 진행하면서 부족한 점을 보충하기로 하였다.

임시정부의 수립과 활동에 대한 교육이라서 '임정학교'라 이름 붙였고 교육주체를 밝히기 위하여 우리 역사연구회 이름인 HERO를 붙여 'HERO임정학교'라는 임시정부 이동 루트를 밟아 가는 탐방과 교육 프로그램을 탄생시켰다.

2장 HERO 임정학교의 추억들

임정학교 1기 그 첫발을 딛다.

모든 여정에는 출발점이 있다. 우린 가끔 길 위에서 지나온 길을 돌아본다. 되돌아봄은 길을 떠날 때의 결심이 그 방향을 잃지는 않았는지를 스스로에게 자문하고 성찰하는 시간이다.

지난 6년의 임정학교를 되돌아본다. 매 기수를 진행하며 수많은 이야기들이 있지만 처음 발을 디딘 1기의 기억은 남다르다. HERO 역사연구회를 조직하여 많은 이들에게 우리 독립운동사를 강의하고 현장을 답사하면서 임시정부수립 100주년이 되는 해를 그려보았다. 임정수립 100주년이 되는 해인 2019년에 임정의 설립지인 상하이에 있는 것은 남다른 의미로 다가왔다. 지난 100년은 또 다른 100년을 기약하는 새로운 출발점이 될 수 있을 거란 생각이 들었다. 한국인이라면 자연스럽게 대한민국임시정부 설립지인 상하이와 중국에서의 독립운동에 대해 관심을 가지게 될 것임이 분명하였다. HERO역사연구회는 이 기회를 통해 대한민국임시정부의 활동과 중국에서의 독립운동을 제대로 설명해야겠다는 목표를 세웠다.

임시정부수립 100주년을 준비하며 우리 연구회는 전에 해오던 강의와 기행을 체계화하여 언제든지, 누구에게든지 임시정부의 활동과 중국에서의 독립운동을 설명할 수 있는 프로그램을 개발하여 진행하면서 시행착오를 통해 역량을 강화하기로 하였다.

드디어 2018년 3.1절을 맞아 HERO임정학교 1기를 시작하였다. 임정1기는 잘해야겠다는 의욕이 앞선 기수였다. 물론 처음이기에 현실적인 감각보다 의미가 앞설 수밖에 없었다. 상해한국상회(한국인회)와 협업으로 광고를 통해 교민을 모집하였다. 강좌는 아침 8시부터 오후 6시까지 하루 종일 상하이의 독립유적지를 돌아보는 일일기행과 3주에 걸쳐 독립운동사를 강의하는 한 달의 여정이었다.

1기의 참여자들은 상하이 거주 교민으로서 그 면모가 다양하였다. 상하이에서 우리 독립운동사를 주제로 한달의 일정으로 교육을 하는 프로그램은 이전에 없었다. 신선함 때문이었을까? 아니면 상하이라는 거대 도시에 숨어 있는 우리 독립운동사에 대한 궁금함 때문이었을까? 참여를 신청한 분들은 전,현직 교사와 특파원, 자영업자와 대학생, 직장인, 심지어 교포분까지 포함하여 27명이 참가하였다.

상하이 일일기행을 하였던 2018년 3월 3일의 감동은 아직도 기억이 생생하다. 상하이 한인 거주지와 가까이 있는 송칭링 능원에 있는 만국공묘를 찾아 우린 임시정부 초기에 활동한 독립운동가의 묘역에 헌화를 하며 3.1독립운동을 기념하며 독립선언서를 낭독하였다. 상하이에서 10여년 넘게 거주하신 어느 참가자분께서는 이렇게 가까운 곳에 우리 독립운동가들이 묻혀 있다는 사실을 전혀 몰랐다며 한국인으로서 부끄러운 마음이 들었다며 눈시울을 붉히기도 하셨다.

3.1 독립운동을 기념하며 시작한 임정학교 1기라 3.1절에 대한

의미와 영향을 설명하였다. 전 민족적인 독립운동인 3.1운동의 불씨가 바로 이곳 상하이에서 실어 날라 졌다는 이야기를 전할 때 참가자들의 반응은 의아함을 넘어 놀람 자체였다. 1910년 조선이 패망하였을 때 이곳 상하이로 망명한 독립운동가들은 한인 친목단체인 동제사를 조직하고 중국의 혁명가들과 교우하며 후진을 양성하였다. 이러한 것이 기초가 되어 1차 세계대전이 끝날 때 조선독립의 당위성을 전세계에 비폭력적 방법으로 전한 것이 바로 3.1독립운동이고 그 운동의 시작은 바로 이곳 상하이에서 출발하였다. 3.1절은 임시정부가 지정한 최초의 국경절이다. 1920년 3월 1일부터 임시정부는 27년간의 중국 곳곳을 이동하는 어려운 시기에도 매년 3.1을 기념하며 독립의지를 잃지 않으려는 노력을 하였다.

상하이 시내 중심부로 이동하여 최초의 한인 전용 예배당이었던 삼일당(三一堂) 옛 터와 1920년대 많은 한인들의 모임이 있었던 YMCA와 삼일당의 후신으로 세워진 목은당(沐恩堂) 교회에서 우리 독립운동의 흔적을 만나기도 하였다. 1920년 최초의 3.1운동 기념식이 있었던 올림피아 극장 옛 터 앞에서 하루의 기행 소감을 나누었다. 대부분 참가자들의 반응은 매우 뜨거웠다. 상하이에 살고 있으면서 너무나 몰랐던 우리의 독립운동사에 대해 배우는 기회가 되었고 이러한 활동이 확대해 나가길 바란다는 의견이 대부분이었다. 순간 머릿속에는 우리가 준비한 내용이 잘 전달된 것 같아 안도가 되었으며 이 임정학교의 진행이 필요하고 의미가 있겠다는 확신이 마음속 깊은 곳에서 올라왔다.

이후 3주에 걸쳐 3번의 실내 강의가 있었다. 시간이 길어 지면서 자연스럽게 강의에 참여하는 인원은 한 명, 두 명 줄어들기 시작하였다. 강의를 준비하는 선생님들에게는 맥이 빠지기 시작하였고 원인을 가늠해 보았다. 감동이 줄어든 탓일까? 내용이 부실한가? 한달의 일정을 마무리하며 4강중 3강이상 참여자에게 수료증을 전달하며 총평의 시간을 가졌다. 총평을 통해 감동과 강의가 부실한 것이 아니라 교육기간이 문제임을 알게 되었다. 매주 참석해야 하는 한 달의 교육기간은 누구에게도 지속적 참여가 쉽지 않은 시간이었다. HERO임정학교가 역사 전문가 육성과정이 아니라 독립운동 저변확대에 있다면 기간을 단축하고 특정 집단을 목표로 교육을 진행하는 것이 효율적이란 결론을 얻게 되었다.

이후 2기부터의 참가자 모집은 특정 목표층을 설정하여 진행하게 되었다. 청소년, 대학생, 청년을 구별하였으며, 각 단체별로 또 사건별로 대상과 주제를 나눠서 진행하였다. 이렇게 진행하자 참여자들은 대부분 동질적인 배경을 가지고 있어 참여자 서로 간의 소통도 어색하지 않았고 프로그램 진행도 훨씬 수월해 졌다. 한편 3.1절, 임정수립일, 광복절, 각종 의거일 또는 중국 연휴가 있을 때는 일반 교민들을 대상으로 참가자를 모집하였다.

모든 것은 시작하는 출발이 있다. 아니 시작하면 출발점이 된다. HERO임정학교를 시작하며 마음속으로 적어도 100기까지는 해보겠다는 목표를 세웠다. 목표가 있어 시작하게 되었고 이 목표는 진행과정에서 건강한 압력으로 작용했다. 힘들고 포기하고 싶을 때마다 100기 달성 목표는 우리를 꾸역꾸역 끌고 갔다. 이제 HERO임정학교는 100기를 훌쩍 넘어 7년째 운영되고 있다. 앞으로도 꾸준히 나아갈 것이다. 100기 여정을 시작하게 해 준 1기 참가자 27분께 감사의 말씀을 전한다.

1921년 1월 1일, 임정 신년하례식 장소 永安百貨店 옥상

임정학교 진행 기수 중 참여자의 평균 연령이 70이 넘는 기수가 있었다. 화동지역에 거주하는 독립유공자의 후손분들과 상하이, 자싱, 항저우를 함께한 1박 2일의 기행이었다.

기행에 참여하신 후손분들로는 성재 이동휘 선생의 외증손자, 창강 김택영 선생의 증손자, 아나키스트 독립운동가 류기석 선생의 손자, 안창호 선생의 비서를 역임한 김복형 선생의 손자, 백범의 애제자인 최중호 지사의 손녀, 이동화 지사의 손녀, 중국인으로 광복군에 참여한 쑤징허 선생의 아드님, 김구 피난처를 제공한 추부청 선생의 손녀분 등이 가족과 함께 참석하였다.

비록 한국말은 대부분 서툴렀지만 독립유공자의 후손임을 자랑스럽게 여기셨다. 함께 하신 중국분들도 한국과의 인연을 소중히 여기시는 모습에 잔잔한 감동이 흘렀다. 국가보훈처를 통한 예우에 대해서도 고마움을 가지고 계셨다. 선대들의 독립운동에 비교해 본다면 어떤 예우라도 부족함이 남을 수밖에 없을 것이다. 이분들의 삶이 살아있는 역사요 우리 독립운동의 산 증인이다. 독립유적지를 설명하기 위해 함께 하게 되었지만 사실 이 분들로부터 배우는 자리가 되었다.

간만에 뵌 얼굴들 에서는 한해 한해 연세가 들어 가는 인생의 흔적을 느낄 수 있었다. 기행 첫날 우리는 상하이의 의미 있는 장소로 이동하였다. 상하이의 번화가 난징루(南京路)에는 수많은 상점들이 저마다의 방식으로 행인들을 유혹하고 있었다. 그중 상하이를 대표하는 유서 깊은 백화점인 용안(永安)백화점이 있다. 20세기 초 상하이를 대표하는 용안(永安)백화점은 임시정부 활동 중 의미 있는 사진 한 장의 배경이 된 곳이다. 1921년 1월 1일 대한민국 임시의정원 의원과 임시정부 각료 대부분이 이곳에 모여 신년 하례식을 갖고 건물 옥상의 돌계단 앞에서 사진 한 장을 찍어 남겼다.

이 사진이 의미 있는 이유는 임시정부 각료 대부분이 함께 한 사진이란 것이다. 사진의 가운데에는 임정의 초대 대통령인 이승만 박사가 있고 그의 오른편에는 국무총리 이동휘 선생, 그리고 왼편에는 임시의정원 의장 손정도 목사가 있다. 그 좌우로 안창호 선생과 신익희, 김철 선생의 모습도 보이고 백범 김구 선생도 앞줄에 왼쪽으로부터 세번째 자리에 앉아 계신다.

독립에 대한 염원으로 성립된 임시정부는 초기에 여러가지 갈등을 겪었다. 먼저 상하이임시정부 국무총리로 추대된 이승만이 미국에 위임통치를 청원한 사실이 전해지면서 분열의 양상을 보이게 된다 연해주, 상하이, 한성으로 대표되는 세 정부가 통합되는 과정에서 임시의정원 구성과 정부기관의 소재지를 결정하는 것에도 진통을 겪었다. 통합 이후에도 독립운동 노선 간에 대립이 있었으며 또. 통합 임시정부 대통령으로 추대된 이승만의 상하이 부임이 늦어지면서 임시정부는 독립운동의 구심점으로 제 역할을 수행하지 못하고 있었다.

대통령 이승만은 임정의 지속적인 설득으로 통합임시정부가 수립된 지 약 1년 3개월만에 상하이에 부임하였다. 1920년 12월초 상하이의 스산한 겨울바람을 맞으며 이승만 대통령이 드디어 임정에 합류한 것이다. 이때까지 실질적으로 임시정부의 운영을 책임지고 있던 도산 안창호는 교민들과 더불어 이승만 대통령의 환영회를 열었다. 또 흩어져 있던 내각 각료들을 속속 상하이로 복귀시켜 명실상부한 완전한 내각을 꾸리게 된다. 당파간, 지역간 반목이 통합되는 듯하였다. 한민족을 대표하는 정부로서 위상을 정립하고,

1920년 봉오동, 청산리 무장독립전쟁을 치른 경험을 바탕으로 이제 임시정부를 중심으로 통일된 독립노선으로 나아가고자 한 도산의 수고가 빛을 발휘한 순간이었다.

1921년 새날이 밝자 도산은 자신이 머물고 있던 용안(永安) 백화점의 다통뤼스(大同旅社) 호텔로 임시의정원과 정부 각료를 초청하여 이승만 대통령을 중심으로 통합과 화합을 강조한 자리를 만들었다. 통합임시정부가 진정으로 한민족을 대표할 수 있는 시작이었다. 그렇게 새로운 시작을 알리고 마음을 잡아 그날을 기념하며 사진 한 장을 남긴 곳이 바로 이곳이다.

이곳 용안(永安)백화점 옥상은 중국에 남아 있는 우리 독립운동 관련 유적지 중 100여년전 모습이 원형 그대로 남아 있는 몇 안 되는 유적지 중 한곳이다. 사진 속 팔짱을 낀 임정요원들의 모습과 눈빛에는 당당함이 서려있다. 나라를 잃은 망국민의 모습이 아니라 나라를 찾을 독립운동가의 매서운 눈빛을 느낄 수 있다. 사진을 찍는 다는 것은 단순히 때를 기억하기 위함 만이 아니다. 단순히 신년하례식의 현장을 남긴 것이 아니라 임정의 완전체라 할 수 있는 임시의정원 의원과 정부각료의 사진은 일제 통치에 있는 고국의 동포들에게 전하는 희망의 메시지였다. 임시정부가 명실상부한 한민족 독립운동의 중심 기관으로 등대가 될 것이며 임정을 중심으로 전민족이 하나되어 대동단결하자라는 강력한 외침이었다. 그래서 그 어떤 포고령이나 선포문 보다도 강한 의미를 전달하고 있다.

이 자리에 독립유공자 후손분들이 100년의 시간의 간격을 두고, 같은 장소에 같은 모습으로 팔짱을 끼며. 위풍당당하게 서서 사진을 남겼다. 참여한 모든 분들이 이곳을 처음으로 방문하였으며 상하이 시내 중심에 이런 역사가 살아 있다는 것에 놀라움을 금치 못하였다. 사실 이곳은 일반인들에게 개방되지 않는 곳이었기에 중국인들조차 이곳의 방문은 극히 제한적이었다. 고단하고 힘 들었을 선대 독립운동가들의 마음을 느끼기에 어르신들의 눈가는 촉촉히 젖어 있었다. 특히 이 자리에 서 계셨던 이동휘 선생, 김복형 선생의 후손분들은 남다른 감정을 느끼셨다. 옥상 위 뾰족한 종탑은 석양을 받아 붉은 빛을 발하고 있었다.

1921년 임정의 신년하례식 사진 한 장은 역사학계의 수고로 상하이 난징루의 용안백화점 옥상으로 추정되었으나 일반인에게 개방이 되지 않아 교민은 물론 상하이를 방문하는 역사 기행단에게도 방문의 기회조차 없었던 공간이었다.

임시정부 수립 100주년을 앞둔 2018년 12월 중순 KBS 상하이 특파원과 현장을 방문하여 취재하는 일이 있었다. 역사의 현장이 살아서 꿈틀대는 전율을 느꼈다. 사진 속 모습의 계단과 종탑 그리고 그 아래 아치형 문의 모습이 훼손없이 고스란히 100년의 시간을 감내하고 있었던 것이다.

이 자리에 서 계셨을 독립운동가 한분 한분의 이름을 떠올려 보았다. 마음속으로 이름을 부르자 마치 한분 한분이 살아 돌아와 현장에 서 계시는 듯하였다. 그날의 감동은 지금도 생생하다. 아마 상하이 교민으로서는 제일 먼저 방문하지 않았을까 싶다.

백화점 관계자에게 이곳이 대한민국 독립운동사에 아주 의미 있는 장소임을 설명하였다. 대한민국의 주요 독립운동가 대부분이 바로 이곳에 서 있었다는 이야기를 듣고 담당자 또한 놀라움을 금치 못하였다. 백화점 관계자는 이곳은 중국인들에게도 무척 의미 있는 장소라고 설명을 한다. 일본이 패망하고 국민당과 공산당의 내전에서 공산당이 상하이를 해방(중국에서는 공산당이 국민당에 승리한 것을 해방으로 표현한다.)시킬 때 이곳 옥상은 상하이에서 최초로 공산당의 붉은 홍기가 걸려진 장소가 되었다.

중국공산당 창당 100주년이 되던 2021년부터는 용안(永安)백화점 옥상은 공산당 역사교육 현장으로 사용되고 있다. 같은 장소를 기념하는 방식에 있어 두 나라는 차이가 있지만 일본 제국주의의 침략에 맞선 투쟁의 역사는 우리의 독립운동이기도 하지만 중국의 항일운동인 공통의 분모를 가지고 있다. 우리의 독립운동사가 한국과 중국의 발전적 미래의 교량이 될 수 있는 이유이다.

온라인 임정학교, 역사 교육의 틀을 바꾸다

재중청소년 온라인 임정학교에 참여 학생들

봉쇄는 지속되었다. 전 세계가 오미크론 확산이 한 풀 꺾이고 있을 때 중국은 위기를 맞았다. 일부 도시가 뚫리더니 상하이마저 오미크론 전염이 확산되었다. 하루가 다르게 감염 환자의 발생이 증가하자 초기에 부분적 통제에서 벗어나 도시 전체를 통제하기 시작한지 한달여 시간이 지나고 있었다. 모든 개인적 생활은 보장되지 못하였고 생업마저 위협받는 시간이 지속되었다

연구회에서는 2022년 4월 11일 임시정부 수립일을 맞춰 임정학교 100기를 기념하는 조출한 행사를 준비중에 있었는데 도시 봉쇄로 모든 대면 행사를 진행하기 어렵게 되자 HERO 임정학교를 청소년을 대상으로 비대면 온라인으로 진행하는 기획을 하게 되었다.

한 달여 이상을 학교를 못 가고 있는 청소년들에게 작은 위안을 주고 싶었다. 강의는 임시정부 수립의 배경과 상하이 3대 의거를 주제로 2022년 5월 1일과 2일 노동절 연휴에 진행하는 것으로 기획되었다.

● 상하이 거주 학생에서 재중 청소년으로 참가 범위를 늘리다.

기본 일정이 확정되자 연구회는 온라인 강의 계획에 대한 열띤 토론을 벌였다. '무엇을 전해주고 싶은가? 에서부터 출발하였다. 우리 대한민국의 법통이 1919년 상하이에서 설립된 대한민국임시정부에서 출발한 것과 상하이 3대 의거를 통해 우리 독립운동이 중국인들과의 협력과 지지를 바탕으로 이뤄졌다는 것을 말해 주고 싶었다. 일제에 항거한 반제국주의 구국투쟁은 한·중간에 상호 보완적인 것이었고 연대의 산물임을 알게 하여 중국에 살고 있는 청소년들이 중국에 대한 새로운 시각을 가지길 희망하였다.

재중 청소년이 한·중 우호의 미래이기에 모집 광고 헤드 카피에 "낙망은 청년의 죽음이요, 청년이 죽으면 민족이 죽는다"라

는 도산 안창호 선생의 어록을 넣었다. 희망의 메시지를 던진 것이다.

처음 진행되는 온라인 임정학교라 모집 인원을 50명으로 잡았다. 현장 강의는 보통 20여명 전후로 모집을 해왔기에, 나름 두배의 인원을 잡아 보았다. 광고 준비 과정에서 몇몇 지인이 "온라인인데 다른 지역 학생들은 참석이 어렵냐?"는 문의들이 있었다. 공간의 제약을 받지 않는 온라인 교육이라 상하이 학생에 국한하지 않고 재중 청소년으로 모집 범위를 확대하여 중국 전역으로 온라인 광고를 하였다. 모집 광고를 각 지역 온라인 커뮤니티에 전달하여 게재하는 방식이었다.

4월 24일 공식적으로 온라인 광고를 뿌린 지 4시간이 흘렀을 때 원래 모집인원 50명의 신청이 마감되었다. 온라인 신청을 하게 되면 자연스럽게 'Wechat'이라는 중국 SNS 커뮤니티 방에 입장하게 되어 있었다. 이 단톡방을 통해 추가 신청 가능여부에 대한 문의가 들어오기 시작하였는데 생각지도 못한 반응이었다. 급히 인원 제한을 풀어 광고를 다시 올렸다. 온라인 교육 플랫폼이 300명까지 동시 접속이 가능하여 참여 인원이 더 늘어나도 진행할 수 있겠다는 생각이 들었다. 늦은 밤 온라인을 통한 참가 신청은 100명을 넘고 있었고 우리는 묘한 흥분에 사로 잡혔다.

4월 25일 담당 선생님이 급히 찾는다. 온라인으로 참가 신청을 받을 수 있는 인원 한계가 200명인데 곧 200명에 도달할 예정이어서 추가로 참여 신청서를 다시 작성해야 한다는 것이다. 아직은 온라인 강의 시 동시 접속자 300명 인원 제한까지는 여유가 있어 추가로 온라인 신청서를 작성하여 게재하였다.

4월 26일, 신청 인원은 매시간 증가하고 있었다. 잠깐 사이에. 300명을 넘어 400명에 육박하였다. 아! 도대체 무슨 일이란 말인가? 아무리 온라인 교육이지만 이렇게 관심이 뜨거울 수 있을까? 참가 신청은 상하이뿐만아니라 근처의 우시(无锡), 수저우(苏州), 항저우(杭州), 난징(南京), 북으로는 베이징(北京), 텐진(天津), 칭다오(青岛), 그리고 내륙의 챵사(长沙), 총칭(重庆), 남방의 썬전(深圳), 광저우(广州)에 이르기까지 말 그대로 중국 전역에서 신청이 들어왔으며 심지어는 베트남과 필리핀 거주 청소년도 일부 신청을 하였다.

아마 중국 연휴에 진행하는 강의라는 시간적 적절성과, 코로나 봉쇄로 야외 활동을 할 수 없는 학생들이 온라인이라는 특수 공간으로 모일 수 있어 신청이 급증한 것은 아닌가하는 자체 판단을 해보았다. 무엇보다 무료 강의라는 큰 이점도 있었고 이틀에 걸쳐 6개의 강의를 이수하는 학생에게 HERO역사연구회 명의의 온라인 수료증이 나간다는 말에 관심을 더 보인 것 같았다.

4월 27일, 다시 온라인 신청서를 갱신하였다. 세번째 모집 광고였다 이미 두번째까지 인원 400명의 신청이 있어서 준비한 강의를 두 번하는 것으로 내부 회의를 통해 확정 지었다. 신청한 학생들에게 실망을 줄 수는 없는 일이었다. 29일까지 참가 신청서를 낸 학생들은 490여명이었고, 임정학교 진행 안내를 공지하는 단톡방은 두 개로 운영되었다. 단톡방의 인원은 학부모까지 합하여 700여명 이상에 달했다. 상상을 초월한 모집 결과였다.

● 일주일의 시간, 네번의 온라인 리허설

이제는 HERO의 시간이 다가오고 있었다. 처음 하는 온라인 교육인데 무리한 모집은 아닌가하는 염려를 할 시간적 여유도 없었다. 우리 모두의 긴장은 하늘에 닿아 있었다.

D-7. 첫 강의 리허설을 가졌다. 첫날에 강의를 진행할 선생님 3분이 돌아가며 강의안을 발표하고 평가하며 수정하는 과정을 거쳤다. 물론 봉쇄 기간으로 온라인으로 진행할 수밖에 없었다. 선생님들 대부분은 온라인 강의가 처음이어서 상당히 낯설어 하셨다. 청중과 교감 없이 오직 모니터를 보고 강의를 해야 하는 상황이라 강의자는 힘들 수밖에 없는 구조이다. 두 분의 남자 선생님과 한 분의 여자 선생님이 강의를 맡아 주었는데 내부 평가는 암담하였다. 내용은 전혀 문제가 되지 않았지만 남자 선생님들의 강의 톤이 책을 읽는 느낌이 너무 강했다. 시선과 몸짓은 경직되어 있었다. 이렇게 진행할 수는 없는 수준이었다. 모니터 화면을 친구의 얼굴이라 상상하며 자연스럽게 이야기하듯 설명하자고 요구하였지만 말하는 습관이 단기간에 바뀔 수 있는 것은 아니어서 걱정이 앞섰다. 그 시각에 이미 첫번째 온라인 신청서 모집인원인 200명이 마감되고 두번째 신청서를 뿌리고 있던 시간이었다.

D-5. 2일차 강의에 대한 리허설을 진행하였다. 3분의 여자 선생님들이 맡아 주셨다. 톤의 높낮이와 강약이 잘 전달되고 있었다. 반면 내용이 많았다. 2시간에 세 강의를 진행해야 하기 때문에 각 강의는 30분을 넘기면 안 되었다. 강의와 강의 사이에는 퀴즈를 내어 학생들의 참여를 유도해야 하기 때문이다. 다른 문제도 있었다. 재미를 가미한 에피소드는 전체 주제에서 벗어나 있었고 시간이 늘어지는 단점이 있었다. 의도는 좋았으나 다른 강의와 연결 고리가 없어 보여 조금 생뚱맞는 느낌이었다. 또 전체 진행을 맡은 선생님

(필자)은 원만한 진행을 하기에는 융통성이 떨어졌다. 조정이 필요하였다. 강의는 요점을 살리며 분량을 조절하였으며 주제에서 벗어난 강의는 가감히 삭제하였다. 전체 진행도 학생들의 눈높이에 맞춰 젊은 선생님이 맡아 주었다.

D-3. 전체 리허설을 진행하였다. 온라인 강의는 이틀에 걸쳐 매일 2시간씩 4시간 강의로 진행하는데 그 전체를 처음부터 끝까지 진행해 보았다. 실제 강의시 발생할 수 있는 실수들이 무엇인지 확인하는 것이 제일 중요한 과제다. 이미 두 번에 걸친 리허설로 강의는 훨씬 더 짜임새가 있었다. 그러나 여전히 부족한 부분들이 눈에 띄었다. 8시간의 긴 리허설이었다. 우리 모두는 극도로 긴장 상태여서 식사 시간도 거른 채 몰두하고 있었다.

D-1. 한 분, 한 분 선생님과 개인적으로 연락을 취하였다. 제3자 입장에서 강의에 대한 보충과 목소리와 몸짓 등 비교적 세세한 부분에 대해 의견을 나누었다. 혹 선생님들에게 부담과 긴장을 가중시키지는 않을까 조심조심 상의하였다.

D-0. 강연이 있던 당일 오전 최종 리허설을 진행하였다. 이제 남은 시간은 없었다. 선생님들에게 새로운 무언가를 요구할 수도 없었고 바꿀 수 있는 시간적 여유도 없었다. 지금 선생님들에게 필요한 것은 오직 자신감뿐이었다. 전 중국에 있는 한인 학생들을 대상으로 하는 이런 강의는 우리 연구회가 처음이고 그 역사적 현장에 우리 선생님들이 있음을 자랑스럽게 생각하자며 마음을 다독였다. 설사 실수를 한다 해도 당황하지 말고 우리의 강의를 듣고 누군가는 분명 마음속 작은 찔림이 있을 거니 오직 그 학생 한 사람을 보며 나아가자고 결의를 다졌다. 우리의 준비는 그렇게 마무리되었다.

강의는 학생들의 적극적인 참여속에 잘 마무리되었다. 특히 강의와 강의 사이에 퀴즈를 내어 답을 맞힌 학생 3사람씩 선정하여 작은 선물을 보내는 이벤트를 진행하였는데 선물을 받기 위해 자판을 두드리는 학생들의 손이 보이는 듯했다. 이틀에 걸쳐 네 번의 강의를 진행하였다. 선생님 한분 한분의 수고에 너무 감사한 마음이 들었다. 학생들의 감상문과 미션지를 온라인으로 받아 우수상을 선정하고 수료증과 상장을 택배로 보내는 일은 생각 외로 많은 시간과 분류 작업이 필요하였다. 코로나가 교육 환경을 바꿔 놓았으며 우리 히어로 역사연구회 활동도 시.공간을 넘어 새로운 환경에 맞춰 진행한 의미 있는 임정학교였다. 다시한번 그 날의 감동이 다가온다.

걸어온 길, 걸어갈 길. – HERO임정학교 100기 기념사

임정학교 100기 기념 현수막

이곳 상하이는 대한민국이란 국호가 정해진 곳으로 대한민국임시정부가 수립된 우리 독립운동의 분출구이며, 민주공화정을 꿈꾼 민권의 발상지이다. HERO임정학교는 임시정부 수립 100주년을 준비하며, 100년전 독립운동이 한반도의 평화적 통일운동으로 계승하기를 소망하며 2018년 3.1절을 맞아 1기를 시작으로 긴 여정에 올랐다.

임정학교 프로그램은 지난 7년간 강의와 탐방을 포함하여 2024년 1월 현재 임정학교 132기를 진행하였으며 연인원 기준으로 약 7,000여명의 참여자와 함께하였다. 7년의 여정은 우리 독립운동 정신을 계승 발전하려는 여러분들의 참여와 따뜻한 격려가 있어서 가능한 일이어서 지면을 빌어 다시한번 감사의 인사를 드린다.

제1기는 상하이 거주 교민을 대상으로 3주에 걸친 강의와 1번의 사적지 탐방으로 진행되었다. 이후에는 "상해거주 청소년", "아빠와 함께하는 역사기행", "어머니회와 함께하는 여성독립운동" "ROTC 동문가족" "상해 여성경제인연합회" "백범 스카우트" 등 상하이 소재 각 단체와 함께 탐방을 진행하였다.

임정수립 100주년이 되던 2019년 한 해는 임정학교를 45회나 진행한 무척 바쁜 한해였다. 임시정부에 대한 관심이 높아 한국에서 많은 단체들이 상하이를 방문하였고 HERO역사연구회는 각 단체들을 대상으로 2박3일에서 5박6일에 이르는 역사탐방의 역사해설을 담당하였다. "평화한국" "PEACE BOOKS" "통일을 이루는 사람들" "민주평통중국지부" "흥사단 본부" "예닮학교" "책숲대안학교" "생태관광협회" "문화살림"등 다양한 단체들과 협업을 진행하였다.

2020년 코로나 발생 이후 외부활동의 제약과 한국 탐방단의 중국 방문길이 막혀 임정학교 진행이 불가한 상황에 놓였다. 어려운 상황속에서도 독립정신 함양에 대한 HERO의 발걸음은 계속되었으며 교민들을 대상으로 상하이의 독립유적지를 방문하고 설명하는 소규모 행사라도 끊이지 않게 진행하였다.

2021년 코로나 봉쇄가 다소 완화되자 상하이 인근을 방문하는 탐방단을 꾸릴 수 있었다. 간만에 방문하는 독립유적지에서 느끼는 새로운 감회는 독립운동 선양에 대한 각오를 더 굳게 하는 시간이 되었다.

약 100기의 진행을 눈앞에 둔 2022년 봄, 상하이는 70여일이 넘는 도시 봉쇄를 겪으면서 모든 활동은 중단되었다. 봉쇄로 지친 교민들과 학생들의 마음을 위로하고, 아울러 용기를 북돋우고자 임정학교도 새로운 변화를 추구하였다. 바로 온라인으로 개최한 임시정부수립 기념식과 우리 독립유적지와 독립운동사를 설명하는 온라인 강의를 진행하였다. 2일간 약650여명의 재중청소년을 대상으로 진행한 임정학교 98기, 산동 威海 지역 청소년을 대상으로 한 임정학교 99기, 역사에 관심을 가진 청소년을 대상으로 심화 강의로 진행한 100기는 공간적 제약을 극복하고, 동남아 국가 교민 자녀들까지 참여하는 HERO임정학교의 새로운 장을 열었다.

새로운 100기를 향한 2023년은 HERO역사연구회의 자립을 향한 새로운 시도들을 하였다. 문화적 소재를 발굴하여 다양한 각도에서 역사를 조명하고 있으며 중국을 포함한 다른 지역과의 연대에도 신경을 쓰고 있다. 상하이 건축투어, 유대인 박물관 탐방, 홍루몽 촬영지, 한,중,일 도자산업 발달 과정 등 새로운 문화 주제로 저변을 확대하였으며 베이징, 광저우 지역의 독립역사 연구 단체들과 교류도 진행하였다.

임정학교를 돌이켜 보며 많은 의미 있는 기억이 떠오른다. 규모에 있어서는 바쁜 일정에도 시간을 내신 두 분의 참여자부터 수원지역에서 오신 210여명의 방문단을 대상으로 진행한 2박3일의 큰 행사까지 다양하였다. 참여 연령으로 보면 10대의 초등학생부터 70을 넘기신 어르신까지 폭 넓은 연령층이 참여했으며. 방문지역으로 보면 상하이에서 쟈싱, 항저우, 쩐쟝, 난징, 광저우, 류저우, 치장을 거쳐 총칭에 이르는 임정이 이동한 전 루트를 따라 갔으며, 백두산과 만주를 지나 블라디보스토크, 일본, 미국에 이르는 해외독립운동 현장을 방문하였다.

개개인을 대상으로 시작된 임정학교는 청소년, 대학생, 동아리, 종교단체, 시민단체뿐만 아니라 도산의 흥사단, 윤봉길기념사업회, 안중근평화재단, 민주평통, 민화협등 독립선양 및 통일단체, 영사관, 문화원, 각 지역 한국상회들과도 강연, 탐방 등의 형식으로 협업을 진행하였다.

인물 강의에 있어서는 특정 위인에게만 집중되던 독립운동사가 아닌, 몽양 여운형, 우사 김규식, 석오 이동녕, 창강 김택영, 아나키스트 독립운동가 류자명, 대를 이은 독립운동가 류기석, 류기문 형제 그리고 여러 여성 독립운동가들을 조명함으로써 잘 알려지지 않은 독립운동가들의 노고와 헌신을 알려왔다.

이제 HERO임정학교는 또 다시 새로운 꿈을 꾼다. 선열들의 노고를 기억하는 일을 넘어 우리 독립운동사가 한·중간의 우호의 상징이 되고 두 나라의 발전적 미래의 도구로 사용되기를 소망한다.

독립운동 각 진영이 독립을 이루고자 한 방법과 생각은 비록 달랐지만 그 뜻은 민족과 사람을 사랑한 애민 정신이었고 주변국과 공존하는 평화의 실현이었듯이 이제 20세기 독립에서 21세기 통일로 가는 길목에 역사로부터 지혜를 배우는 과정이 되기를 희망한다.

오늘도 HERO임정학교는 그 여정의 길을 뚜벅뚜벅 걸어 가고자 한다.

임정학교 100기 기념식 단체사진

2023 한중 청춘원정대(青春远征队) 화동지역 역사탐방

청년을 만나는 것은 젊은 시절 나와의 만남이다.

'한중 청춘원정대'는 중국 화동지역의 한국과 중국 대학생을 대상으로 주상하이대한민국총영사관과 중국의 공공외교협회가 공동 주관으로 매년 진행하는 역사탐방 프로그램이다. 대한민국 독립운동의 현장을 탐방하며 우리 독립운동속에 숨어 있는 한국과 중국의 연대를 배우며 서로 상대국의 역사와 문화를 익히고 존중하는 공공외교의 성격을 띈 프로그램이다. 2023년 4월에 진행된 4일간의 전 여정을 인솔하게 되었다. 그때의 감동을 기록으로 남긴다.

● 역사탐방 1일차(2023.4.13.)

2023 청춘원정대(青春远征队)는 한국과 중국 대학생 그리고 스텝과 강사진 모두 총 42명이 4일간의 여정으로 출발하였다. 참여 학생들은 이른 아침 9시 상하이대한민국 총영사관에서 집결하여 참여 등록과 조를 나누고 간단한 인사들을 나누었다. 여행의 설레임이 학생들 모습에 역력했다. 중국측 참여 학생들은 한국어를 전공하거나 한국 문화에 대한 관심이 많은 학생들이어서 간단한 한국어 소통에는 전혀 문제가 없었다. 공식적인 행사가 시작되었다. 총영사의 축사와 중국측 공공외교협회의 격려사가 있었다. 금번 탐방의 의미에 대해서 청년들에게 바라는 내용이었다. 이어서 우리 연구회서 준비한 사전 강의를 진행하였다. "대한민국임시정부는 왜 상하이에 수립되었는가?"를 주제로 임정수립과 상하이를 출발하여 중국 각지를 이동하며 독립운동을 한 우리 임정의 여정을 설명하였다. 물론 우리가 방문하게 될 탐방지에 대한 의의와 간단한 설명이 덧붙여졌다.

첫 탐방지는 루쉰공원이다. 동시대를 살다 간 루쉰과 윤봉길을 통해 두 영웅을 주제로 현장 설명을 진행했다. 윤봉길 의사와 루쉰은 닮은 듯 다른 길을 걸었다. 자신의 나라를 위하는 공통점은 있지만 한 사람은 글로서(文), 다른 한 사람은 자신의 몸을 던지(武)는 각자의 방법으로 나라사랑의 정신을 표출하였다. 두 사람은 서로 상대국 사람들에게 큰 영향을 미치었다. 매헌 기념관 앞에서 중국인 할아버지가 윤봉길 의사의 장쾌한 의거를 한국어로 써 주셔서 참여자들에게 진한 감동을 주었다.

2023 청춘원정대 출정식 사진

공동 주최하는 한·중 관계자들을 모시고 루쉰기념관에서 청춘원정대 공식 발대식을 가졌다. 중국측 매체에서 취재를 나왔다. 한·중 관계가 식어 있는 최근 상황에서 두 나라 대학생들의 교류는 의미 있는 행사라 여기는 눈치였다. 발대식 후 기념관측 안내로 루쉰에 대한 설명을 들었다. 루쉰의 계몽주의는 현실을 직시하는 것에서부터 출발한다. 억압과 굴종을 극복하려면 아프다고 소리 지를 수 있어야 한다. 루쉰이 남긴 글을 본다. “어떤 이는 살아 있어도 죽은 사람이 있고. 어떤 이는 죽었는데 아직 살아 있는 사람이 있다”라는 루쉰의 글귀가 우리의 삶을 돌아보게 한다.

식사를 마친 일행은 영안백화점 옥상에 올라 대한민국 3년인 1921년 1월 1일의 59인의 임정요인들의 위풍당당한 모습을 재현하였다. 용안(永安)백화점 옥상 위 첨탑은 치윈거(기운각 绮云阁)로 불리는데 1949년 5월 하순 국공내전으로 공산당이 승리하자 난징루(南京路)에 붉은 홍기가 최초로 게양된 곳으로 중국인들에게도 의미 있는 장소이다. 한 장소가 한국과 중국 모두에게 의미 있는 장소가 된 곳은 많지 않다.

다음 장소인 대한민국임시정부와 공산당 일대회지로 이동하였다. 임시정부를 관람하면서 독립 선열의 수고와 헌신을 다시 생각해 보았다. 27년간 중국내 임정의 활동에 크고 작은 중국인들의 도움이 없었다면 독립운동은 큰 어려움에 처 했을 것이다. 임시정부와 가까운 거리에 있는 공산당 일대회지에서 한·중 두 나라의 시작점에 대해 설명하였다. 두 나라의 시작은 상하이 프랑스 조계지 신텐디 (新天地)의 같은 공간에서 1919년과 1921년의 비슷한 시기에 성립하였다. 시간과 공간을 공유하는 두 나라의 역사는 우연이라 말하기엔 너무 필연 같은 인연이지 않을까? 우리 독립운동가들 중 사회주의 성격을 띈 독립운동가들과 중국 공산당 초기 멤버들과의 인연도 소개하였다. 실질적으로 몽양 여운형 선생은 중국 공산당 창당 멤버 13인 중 한 명인 리한민(李汉民)과 '노동'이란 잡지를 함께 출판한 기록도 남아 있다. 한국과 중국의 교류는 100년의 시간을 거슬러 올라가고 있었다.

공산당 일대회지 뒤편의 용칭팡(永慶坊) 10호의 위치를 찾아보았다. 지금은 옛 주소를 정확히 비정할 수는 없지만 이곳에서 살았던 백범 김구의 흔적과 주변 어디 선가 만났을 두 나라의 선각자들을 생각해 본다. 허름한 술집이나 식당 어디에선가 희망을 노래하며 의기 투합하지 않았을까? 합리적 추정이 가능한 공간이다. 하루의 긴 여정을 마치고 우린 김구 피난처 자싱(嘉兴)으로 이동하였다

● 역사탐방 2일차 (2023.4.14.)

탐방 1일차의 어색함은 시간이 지나며 옅어지더니 첫날 저녁 식사 후 가진 레크레이션으로 한 · 중 대학생들은 급속히 친해졌다. 조별 활동을 통해 서로를 알아 가는 시간이 되었고 여행이 끝날 무렵 두 나라의 청년들은 친구가 되어 있을 것이다. 자싱난후(嘉兴南湖)에 있는 호텔은 지친 몸을 쉬기에 안성마춤이었다. 이른 아침을 하고 일행은 김구 피난처로 이동을 하였다.

김구 피난처 옆에는 김구 선생과 임정요원을 도와준 추푸청(褚輔成)선생의 일대기를 전시한 공간이 있었다. 현지 해설사의 도움으로 설명을 들었다. 국민당의 원로이면서 중국내 8대 정당 중 하나인 구삼학사의 창시자인 선생의 인생은 교육과 혁명이란 두 글자로 요약할 수 있다. 해설사의 설명 후 임정과의 관계에 대한 보충 설명을 학생들에게 전해주었다. 추부청은 국민당의 원로로서 우리 임시정부의 교섭 창구 역할을 한 기록들이 남아 있다.

옆 건물의 김구 피난처는 새롭게 단장된 전시물로 우리를 반갑게 맞아 주었다. 김구 피난처 전시관에서 김구 선생님을 도와준 세 여인이란 제목으로 설명을 이어 갔다. 평생 든든한 버팀목이자 사표 같았던 백범의 어머니 곽낙원 여사, 피난처가 일본 비밀경찰에게 발각될 위험에 처하자 친정집으로 김구 선생 피신을 안내한 추부청의 며느리 주자루이(朱佳蕊), 백범의 자싱과 난징의 5년여 피난 시기를 함께 했던 주아이바오와의 일화와 백범의 피난시기를 소설

로 작성한 샤넨셩 작가에 대해 설명하였다. 특히 백범 김구의 피난 시기를 배경으로 작성된 소설 "선월(船月)"의 내용과 집필 배경에 대한 설명에는 한국,중국 대학생 모두에게 큰 감동을 주었다. 김구 선생이 거주했던 방을 돌아보았다. 백범이 가졌던 고뇌가 느껴지는 듯하였다. 임정요원의 거주지를 둘러본 후, 백범의 또다른 피난처가 있는 하이옌 난베이후로 향하였다.

남북호의 원래명칭은 영안호였는데 분지로 둘러 쌓인 호수가 제방으로 남과 북으로 갈라져 있어 남북호로 명명되었고 바다와 인접해 있어 주변 산 정상에 서면 중국에서 유일하게 바다와 호수를 동시에 볼 수 있는 풍광을 자랑한다.

마을의 입구를 지나자 작은 길 좌우로 온통 귤나무가 심어져 있었다. 이곳은 중국 화동지역의 귤 집산지라 한다. 가을에 오면 나무마다 노오란 귤이 주렁주렁 열릴것이다. 백범 김구와 주쟈루이가 걸었 던 길을 한국과 중국의 청년들이 함께 걷는다. 나지막한 야산 아래에는 작은 호수가 있어 산에서 내려오는 물을 담았다가 내려 보내고 있었다. 멀리 고갯마루에 지붕 처마를 하늘로 맘껏 올린 작은 정자가 보인다. 백범이 쉬었다는 용안팅(永安亭)이 분명했다. 오솔길 입구에 표지석이 세워져 있는데 빨간 글씨로 '金九小道'라고 적혀 있다. 한 · 중 수교 후, 이곳을 방문한 백범의 둘째 아들 김신 장군이 한중우호의 상징으로 이름을 "金九小道"로 건의하자 이곳 지방 정부에서 흔쾌히 동의하여 백범의 흔적을 느끼는 길이 되었다.

고개 정상에는 김구 선생도 쉬어 갔던 영안정 정자가 우리를 반갑게 맞이한다. 현재의 모습은 2021년 코로나 와중에 지붕 기와를 새로 얹히고 주변을 정리하여 완성되었다. 영안팅은 1916년 짜이칭별장과 함께 건립되었고 시간이 흐르며 훼손이 심각해졌다. 2001 한국 성남시와 한 독지가의 후원으로 전면 중건되었다. 중건 당시 김신 장군이 썼던 편액이 있었는데 어느 순간 자취를 감췄었다. 우리 HERO역사연구회는 이 사실을 발견하고 예전 보도 사진을 첨부하여 주상하이총영사관에 알렸고 이번 개보수 작업에 편액이 다시 복원되어 걸려 있었다. 우리 영사관과 중국측의 협상의 결과인지 아닌지 모르지만 얼마나 반가운 일인지 모르겠다. 우리 한인들의 관심과 방문이 중국내 우리 독립유적지를 지키는 일이란 걸 새삼 느끼게 되었다.

백범의 둘째 아들 김신 장군이 쓴 음수사원 한중우의

산길을 걷고 고개를 넘은 일행은 한 명의 낙오자도 없이 짜이칭(載靑別墅)에 도착하였다. 별장안에는 김구의 사료전시관과 선생이 묵었던 집이 잘 보전되어 있었다. 별장 앞 마당에는 김신 장군이 남긴 '음수사원 한중우의'글이 비석에 세워져 있었다. 우리 대한민국은 임시정부의 법통을 계승하고 있다. 임정은 추부청 선생을 비롯한 그 가족의 따뜻한 배려가 없었다면 피난도 독립운동도 큰 어려움에 직면했을 것이다. 남북호에서 김구의 행적을 따라가 보며 飮水思源 4글자의 의미를 다시 새기었다. 호수의 풍광을 보고 먹는 점심은 꿀맛이었고 다음 목적지인 항저우로 향하였다.

항저우 임시정부를 방문한 2023 청춘원정대

항저우임시정부 기념관 관장님이 학생들에게 항저우 임정이 국가급 항일 유적으로 지정 관리되는 배경을 설명하여 주셨다. 임정의 역사와 독립운동 관련 시청각 자료를 보는 학생들의 눈망울이 반짝거린다. 시후(西湖)의 아름다운 풍경을 보며 시후를 노래한 대시인 소동파의 시를 한국 학생은 중국어로, 중국 학생은 한국어로 각각 암송하는 미션을 부여하였다. 하나의 콘텐츠를 서로 다른 상대국 언어로 표현하면서 우린 서로에게 한걸음 더 다가가고 있었다.

하루의 긴 여정을 마쳤다. 오늘도 우리는 한국의 독립운동사 뿐만 아니라 중국과의 관계와 중국의 역사 문화를 함께 배우고 상호 존중하면서 보다 나은 미래를 꿈꾼 하루를 마감하였다.

● 역사탐방 3일차 (2023.4.15.)

이른 아침 항저우를 출발한 일행은 4시간을 달려 육조수도(六朝首都) 난징(南京)에 도착하였다. 금번 탐방을 함께 주최한 중국공공외교 난징지부에서 일행을 반갑게 맞아 주었다. 한·중 양국의 발전적 미래는 우리 청년들에게 있고 그 출발은 서로에 대한 이해와 존중이라며 탐방이 끝나더라도 참가자가 서로의 친구가 되기를 당부한다.

맛있는 점심을 대접받고 일행은 한국의 세계적인 2차전지 생산업체인 LG新能源을 방문하였다. LG GROUP은 이곳 南京에 33억 달러를 투자해 2차 전지 생산량 규모로 세계 2위인 우량 기업을 만들었다. 대부분 제품을 해외로 수출하고 있어 중국 경제에 기여하는 바가 작지 않다. 1만5천명에 달하는 직원 중 한국인은 100명이 되지 않고 매년 20억 위엔 이상의 세금을 지방정부에 납부하는 우수 납세기업이다. 지역의 고용 창출과 세수 증대는 한중 경제 협력의 성공한 사례로 탐방단에게 좋은 인상을 주었다.

난징은 아픔을 간직한 도시이다. 중일전쟁이 본격화 된 1937년 12월 13일부터 1938년 1월말까지 약30만명의 사람들이 학살된 곳이다. 난징대학살기념관에는 그때의 참상을 잘 기록하고 있다. '용서할 수 있으나 잊을 수 없다'란 글귀는 증오를 넘어 다시는 이런 비극이 일어나서는 안 된다는 강력한 메시지인 것이다.

여성인권 유린의 현장 - 리지샹 위안소를 찾은 청춘원정대

우린 다른 하나의 아픔이 있는 '리지샹 위안부기념관'을 방문하였다. 기념관 입구의 조형물을 보는 순간 온몸에 전율이 흘러 살갗은 일어나고 머리칼은 곤두섰다. 뱃속에 이미 숨이 끊어진 아이를 임신한 젊은 여인의 절규가 전해진다. 작품의 모티브는 이곳 위안소에서 아름다운 청춘을 짓밟힌 평양 출신 박영심 할머니의 사진에서 따왔다. 누군가의 귀한 딸이었고 누구에겐 정 많은 오누이였을 할머니의 청춘의 꽃은 이곳에서 피기도 전에 져버렸다. 진열관이 복원되는 과정에서 할머니는 평양에서 이곳을 방문하여 자신이 있었던 방을 정확히 기억하여 이곳의 아픈 역사를 증언하는데 결정적 역할을 하셨다.

전시관은 중일전쟁 당시 일본군과 친일 세력들에 의해 이뤄진 위안소 설치와 반인륜적 사건에 대해 자세히 설명되어 있었다. 위안부 피해 여성은 중국인뿐만 아니라 한국인, 일본인은 물론 이거니와 동남아 및 유럽 여성들도 있었고 일본군이 머무르는 전장이 어디든 광범위하게 운영되었다.

탐방단 대부분 학생들은 이곳을 처음 방문하였다. 위안부 문제가 한국과 일본만의 문제인 줄 알았는데 실상은 그렇치 않았다. 전쟁의 화마속에 다양한 나라의 여성의 인권이 유린되었고 동남아시아 여러 곳에 광범위한 규모로 운영되었다는 사실에 놀라움을 금치 못하였다

전시관에 마르지 않는 눈물이란 제목의 조형물이 있다. 하얀 손수건으로 할머니의 흐르는 눈물을 닦아 드리는데 지난 세월 당신이 감내해야 했던 고통과 슬픔이 전해지는 것 같았다. 너무 가슴 아픈 현장이다.

역사를 공부하는 것은 과거에 얽매이는 것이 아니다. 잘못된 과거는 가해자의 진정성 있는 반성으로 용서할 수 있지만, 잊을 순 없는 것은 동일한 잘못을 반복하지 않기 위함이다.

난징에는 광복이후의 한인들의 활동을 볼 수 있는 곳이 있다. 광복은 두 발의 원폭 투하로 갑작스레 찾아왔다. 이 소식을 접한 김구 선생은 하늘이 무너지는 것과 같다고 비통한 느낌을 백범일지에 남기셨다. 우리 광복군이 미국 전략첩보국 OSS와 국내 진공 작전을 눈앞에 둔 상황이었다. 국내 침공작전을 수행치 못함으로써 향후 한반도내 벌어질 강대국의 입김을 예상하셨기 때문이다. 광복은 되었지만 우리 동포들의 본국 귀환은 녹녹한 것 만이 아니었다. 일본군내 있던 한인 사병의 법적 지위를 한인으로 회복하는 일과 각지에 흩어져 있던 우리 동포들의 안전한 귀국을 위해 중국측과 협상한 곳이 난징의 주화대표단이다. 주화대표단은 난징 뿐만아니라 중

국의 주요 도시에 임정의 지휘 아래 설치되어 큰 활약을 하였다.

아울러 난징이란 도시와 우리 독립운동사와 연결된 부분을 참가자들에게 설명하는 시간을 가졌다. 늦은 저녁은 삼일만에 한식으로 푸짐하게 먹었고 하루의 긴 여정은 그렇게 저물어 갔다.

● 역사탐방 4일차 (2023.4.16.)

육조고도 난징은 역사와 문화가 살아 있는 도시이다. 또한 우리 독립운동사와 뗄 수 없는 도시이다. 일찍이 조선이 병탄 되고 임정 수립 전 많은 젊은 청년들이 독립된 나라 건설을 꿈꾸며 이곳 금릉대학(현 남경대학)에서 유학하였다. 임정 초기 큰 활약을 한 김규식, 여운형, 신석우, 김원봉 등의 독립운동가가 다녀갔다.

김원봉의 의열단은 난징 인근의 천녕사에 '조선혁명군사정치간부학교'를 설립하여 수많은 독립운동가를 배출하였다. 우리가 알고 있는 저항시인 이육사가 1기 졸업생이고 중국 군가의 아버지로 불리는 정율성 또한 이 학교를 졸업하였다. 이 학교 졸업생들이 1938년 우한에서 조선의용대가 설립될 때 주축을 이루었고 조선의용대 일부는 임정 산하의 광복군으로, 또 다른 일부는 태항산 전투를 거쳐 팔로군 산하의 조선의용군으로 편입되어 독립전쟁을 수행하였다. 윤봉길 의사 의거 이후에 김구 선생과 장제스의 담판이 이뤄져 중국군관학교에 한인반을 개설해 광복군으로 활약하는 인재를 육성한 곳이며 광복 이후 한인들의 안전한 귀국을 도운 주화대표단이 있던 곳이다.

탐방 마지막 날 우리 일행은 중산릉에 올랐다. 쑨원은 중국인들이 존경하는 위대한 혁명가이며 사상가이다. 또한 우리 대한민국 건국에 큰 영향을 미친 공로로 대한민국 건국훈장 최고위장인 대한민국장에 추서된 인물이다. 대한민국 독립운동사가 어떻게 중국과 연결되었는지를 알수 있는 핵심 연결고리이다. 그가 중국인들의 존경을 받는 이유는 진시황이 중국을 통일한 이래 황제 중심의 군주제에서 인민이 주인인 민주공화제로 전환을 이룬 신해혁명의 정신적 지주이기 때문이다.

신해혁명은 독립운동사에 크고 작은 영향을 미치었다. 3.1운동 당시 지역별, 계층별로 다양한 판본의 선언서가 발표되었는데 이들의 공통점은 독립된 나라의 건설을 민주공화제로 보았다는 것이다. 민족, 민권, 민생으로 대표되는 삼민주의는 신해혁명의 핵심 사상이다. 특히 기간산업의 국유화와 토지공개념, 누진세의 민생주의는 오늘날 북유럽의 사회민주주의와 맥을 같이한다.

즉 신중국 건설을 위한 그의 목표는 중화족의 단결로 외세를 몰아 내고 인민에게 주권을 돌려주고 인민을 잘 살게 하는 것이었다. 또 천하위공으로 대표되는 그의 정치 사상은 오늘날 모든 정치인이 가져야 할 덕목이다. 실패를 두려워하지 않았고 그 실패를 통해 일어섬을 배운 혁명가, 공익을 위해 사심을 버린 위대한 지도자 그의 호연지기가 느껴지는 현장이다.

3박4일의 일정이 눈 깜빡할 사이 지나갔다. 마지막 점심을 하고 참여 학생들의 소감을 들어 보았다. 한국의 독립운동사를 통해 한, 중의 연대를 알게 되었고 리지샹위안소 방문을 통해 전쟁의 피해가 어느 한 나라 뿐만 아니라 심지어 가해국에까지 미치는 폐해를 보았으며 무엇보다 한·중 두 나라 대학생이 역사 뿐만 아니라 문화와 경제의 나눔의 현장을 통해 교류의 장이 되었다는 평가가 지배적이었다.

또한 4일간의 일정동안 중국 매체 2곳에서 끝까지 함께하며 학생들의 의견을 청취하고 일정을 소개하는 기사를 영상과 함께 송출하여 금번 청춘원정대 의미를 널리 알리는 수고를 하여 주었다. 지면과 영상으로 4일의 일정이 중국인들에게 널리 알려졌으면 좋겠다. 탐방을 통해 한중의 우호를 우리 청년들이 이어받아 더욱 발전된 양국 관계가 되길 소망한다.

3부

중국 기념관에서 만나는 독립운동

1장

대한민국 건국에 이바지한 중국 명문가

송가황조(宋家皇朝)

송칭링 능원(宋庆龄 陵园)은 송칭링(宋庆龄) 본인과 부모 묘소가 있는 가족 능원이다. 이 능원은 일반 관광객 보다 임시정부의 흔적을 답사하는 전문 답사팀이 방문하고 있으나 정작 송칭링 능원의 중요성에 대해서는 간과하고 있어 안타까움이 있다. 이제 이곳이 우리 독립운동사와 한,중 관계사에 어떤 위치를 차지하는지 함께 살펴보자.

한 나라의 건국은 수많은 이들의 보이지 않는 노력의 결과이다. 해방 후 대한민국정부가 정식으로 수립된 이후 우리정부에서는 대한민국 건국에 공로가 있는 이들에게 대한민국 건국훈장을 추서하여 그 뜻을 기리었다. 이 건국훈장은 그 공로에 따라 다섯가지 등급으로 구분되는데 대한민국장, 대통령장, 독립장, 애국장, 애족장이다.

이중 최고위장인 대한민국장은 가장 명예로운 훈장이다. 김구, 안창호, 안중근, 김좌진 등이 이 훈장에 추서되어 그 고귀한 뜻을 새기고 있다. 대한민국장은 비단 한국인들뿐만 아니라 우리 건국에 지대한 영향을 미친 외국인 29명에게도 추서되었는데 그중 5명이 중국인이다. 이 5명의 중국인중 세명이 한 집안 사람인 것이다. 한 집안의 세 사람이 대한민국 건국에 기여 했다니! 가히 놀랄 만한 일이 아닐 수 없다. 이 집안을 이해하는 것은 바로 우리 독립운동사를 이해하는 것이다.

그 세사람은 중국 건국의 아버지라 불리는 쑨원 (孙文), 그리고 국민당의 최고 권력자인 쟝제스(蒋介石)와 그의 부인 송메이링(宋美龄)이다. 이들 세 사람은 바로 송칭링(宋庆龄)과 밀접한 관계가 있다. 즉 쑨원은 송칭링의 남편이고, 장제스는 송칭링의 매부이고 송메이링은 그녀의 동생이다. 송메이링은 대한민국임시정부 수립 100주년이 되던 2019년 이전까지 건국훈장 대한민국장에 추서된 유일한 여성이다. (2019년에 류관순 열사의 서품이 상향 조정되어 현재는 두명의 여성이 대한민국장에 추서되었다.)

중국역사를 황제중심의 전제정에서 국민 주권시대의 공화정으로 전환을 시도한 신해혁명을 주도한 쑨원은 우리 독립운동사와 중국을 연결하는 핵심 고리이다. 신해혁명에는 신규식, 김규흥 같은 독립운동가들이 참여하였는데 이 참여를 통해 우리 독립운동가와 중국의 혁명가들이 연결되는 고리가 탄생하게 된다.

쑨원이 광저우에서 호법정부(护法政府)를 이끌 때 우리 임시정부를 대표하여 방문한 신규식 선생 일행을 접견하여 임정과 호법정부의 상호 승인과 차관 및 조차지에 대한 협상을 하였다. 또 쑨원은 혁명의 요람인 광저우에 세운 중산대학과 황포군관학교에 우리 한인 청년들의 입학에 특혜를 주어 수많은 독립운동가를 배출하는데 지대한 영향을 주었다.

장제스는 국민당의 최고 통수권자로 윤봉길 의사 의거이후 우리 임정의 활동에 적극적인 도움을 주었다. 군간부생을 육성하는 중앙군관학교에 한인특별반을 만들어 우리 독립운동가를 교육시킴은 물론이거니와 의열단의 조선의용대 창설과 임시정부의 광복군 창설에 적극적인 후원을 아끼지 않았다. 또 1943년 카이로회담을 통해, 전후 한국독립에 대한 국제적 승인을 얻는데 일조하였다.

그의 아내 송메이링(宋美齡)은 장제스의 영문 비서 역할을 수행하였다. 장제스의 외교현장에 항상 함께 하였으며 카이로선언을 이끌어 낼 때 대한독립의 당위성에 대한 명확한 인식을 가지고 있었다. 그는 단순 통역자가 아니라 외교관의 역할을 수행한 것이다. 또 우리 임정의 한인애국부인회에 활동자금을 보내오기도 하였으며 미 의회에서 연설할 때 우리 독립운동을 지지하는 발언을 하였다.

중국 근대사는 신해혁명 이후 국민당과 공산당의 격돌로 요약할 수 있다. 그 변화의 격돌 현장에는 항상 '宋氏皇家'로 불리는 송씨 집안의 세 자매가 있었다. 이 세자매의 인생은 중국의 근대사뿐만 아니라 한국의 독립운동사에도 지대한 영향을 미치었다.

송칭링 기념관 입구

입구를 따라 들어오면 화강석 돌판이 깔끔하게 정리된 길 위로 송칭링 능원을 알리는 표지석이 웅장하게 세워져 있다. 애국주의자이고 공산주의자이고 세계주의자인 송칭링 동지가 이곳에 잠들어 있고 영원히 썩지 않고 있다는 내용의 글귀는 중국 개혁개방의 설계자인 떵샤오핑(邓小平) 전 국가주석의 글씨이다.

표지석을 돌아 뒤쪽으로 이동하면 생각보다 큰 공간이 다가온다. 새의 날아오르는 날개 짓을 형상화한 듯한 모양의 송칭링 기념관이 보인다. 이 기념관은 송칭링의 일생에 대하여 일목요연하게 잘 정리되어 많은 중국인들의 방문을 받고 있는데 중국공산당의 핵심교육기지로 선정되어 송칭링의 사상을 전하고 있다.

기념관 입구에는 비둘기가 손위에 앉아 있는 쏭칭링의 전신상이 백옥으로 세워져 있다. 평소 비둘기를 좋아한 쏭칭링의 모습이 생동감있게 살아 숨쉬며, 중국의 국공내전을 반대하고 전쟁의 가장 큰 피해자인 아동과 여성에 대해 남다른 애정을 보인 평화주의자로서의 이미지가 잘 조화를 이룬 모습이다.

기념관 벽의 전언에는 '쏭칭링은 쑨원의 아내이고 중화인민공화국의 명예주석'이라 그를 정리하고 있다. 국민당과 공산당을 포함하여 모든 중국인들에게 국부로 추앙받고 있는 쑨원의 아내로 국모의 위상을 보여주고 있다. 그녀를 중화인민공화국의 명예주석이라 칭하고 존경하는 것은 그녀의 삶이 중화인민공화국 건설에 지대한 영향을 미쳤기 때문이다.

쏭칭링은 6남매중 둘째이자 차녀이다. 위로 언니 아이링(愛齡)이 있고 밑으로 남동생 셋과 여동생 메이링(美齡)이 있다. 6남매는 신중국 건설이란 목표아래 국민당과 공산당으로 나뉘어 파란만장한 삶을 살았는데 특히 3자매의 삶이 드라마틱하여 중국인들은 이 3자매의 삶을 통해 송씨의 왕조를 이루었다고 빗대어 '송씨황조'라 부르고 있다. 이들 3자매의 결혼을 중국 사람들은 어떻게 부르고 있는지 살펴보자.

사진 중앙 앉아 있는 사람이 아이링, 왼쪽이 칭링, 오른쪽이 메이링

첫째 아이링(爱龄)는 그 당시 중국 최고의 부호중 한 명이었던 꽁상시(孔尚希)와 결혼했는데 중국인들은 그녀의 결혼을 '돈'과 결혼했다고 이야기하고 있다. 둘째 칭링(庆龄)은 쑨원과 결혼을 하였는데 쑨원은 중국의 국부로 추앙받아 그녀의 결혼은 '중국'과 결혼했다고 평하고 있고, 셋째 메이링(美龄)은 국민당의 최고 실세인 장제쓰와 결혼하여 '권력'과 결혼하였다고 평가하고 있다.

즉 세자매는 돈과, 중국과, 권력을 각각 선택한 것이다. 이들 세자매는 항일에 있어서는 함께 하였지만 권력투쟁에서는 서로 반대의 길을 걷게 된다.

송칭링과 쑨원의 결혼

"혁명은 국가의 일이지만, 결혼은 우리 집안 일이다"

('革命是国家的事，结婚是我家的事)

여기 한 아버지의 절규가 있다. 어느 아버지가 딸의 결혼을 축복하지 않겠는가? 하지만 이 이야기를 들으면 아버지의 절규를 이해하리라.

Charli Song으로 불린 쑹칭링의 아버지 쑹자수는 중국 광둥 사람이다. 일찍이 미국으로 건너가 어렵게 신학을 공부하고 목사 안수를 받고 이곳 상하이로 파송된 선교사였다. 광동성과 상하이는 지리적 차이로 말과 풍토가 전혀 달랐다. 심지어 그의 생김새는 키도 작고 광대뼈도 튀어나온 전형적인 남방 스타일이었다. 이곳 사람들에게는 외국인과 다름없는 모양이었다. 현지인들에게 친근감 있게 다가서지 못하자 선교에 어려움을 겪게 된다. 그는 다른 방법으로 복음을 전하기로 하였다. 미국 선교사들의 도움으로 인쇄기를 들여와 중국어 성경과 찬송가를 출판하여 각국 선교협회에 공급하여 재정적 자립을 확보하였다. 그는 이를 기초로 제분업, 직물제조 등 각종 사업을 통해 막대한 부를 창출하게 되었고 이를 통해 YMCA, YWCA의 교회단체와 교회설립에 많은 후원을 하였다.

해외유학을 통해 신문물을 접한 그는 새로운 중국에 대해 고민하였다. 이때 상하이를 방문한 혁명가 쑨원과 교류하게 되었는데 그들은 같은 동향 사람으로 자연스럽게 가까워졌다. 신중국 건설에 대한 쑨원의 사상에 동조하며 쑹자수는 쑨원의 물질적 후원자가 되었다.

세 자매는 집안의 손님이자, 아버지의 친구인 쑨원을 어린 시절부터 보고 자랐다. 두 사람의 대화는 세 자매의 세계관 형성에 정신적 토양이 되었다.

촬리 쑹은 새로운 중국을 건설하기 위해서는 여성의 역할이 중요해질거라 생각하며 어린 세 딸을 미국에 유학을 보냈다. 부모의 동행 없이 세 딸을 유학 보내는 것은 당시 시대적 상황으로 쉽게 결정할 수 있는 일이 아니었다.

학업을 마친 큰 딸이 귀국하여 쑨원의 영문 비서를 하다가 꽁샹시와 결혼하게 되자 자연스럽게 언니의 역할을 둘째 칭링이 맡아하게 되었다.

그 당시 쑨원은 1911년 우창봉기로 이어진 신해혁명을 성공하였지만 1912년 위안스카이에게 총통의 자리를 양보하고 일본으로 망명하여 후일을 기약하고 있는 어려운 시기였다. 쑹칭링은 일본으로 건너가 그의 비서 역할을 지속하고 그의 곁을 지키는 아내가 되겠다고 결심하였다. 신중국 건설의 위대한 지도자에 대한 공경이 이제 혁명의 실패자가 되고 망명인으로 전락한 개인에 대한 연민으로 바뀌는 순간이었다.

쑨원의 나이 49세, 쑹칭링의 나이는 이제 스물을 갓 넘긴 22살의 꽃다운 나이였다. 신중국의 신여성으로 성장하기를 바라며 애지중지 키운 딸이 27살의 나이 차이를 불문하고 자신의 친구와 결혼하겠다니 어찌 낭패가 아니리요?. 그것도 첫째 부인도 아닌 둘째 부인 자리인데 세상의 온갖 비웃음을 받고 살아가겠다는 이 딸의 모습에 아버지는 얼마나 한심스러 하였을까? 부녀의 대화가 귓가를 맴도는 듯하다. 딸의 결심은 굳건하고 아버지의 결정 또한 완고

한 팽팽한 줄다리기가 시작된 것이다.

"나는 이 결혼 절대 허락할 수 없어, 어떻게 감히…"

"왜 안 된다는 거에요? 아버지가 꿈꾸는 신중국이 무엇인가요? 왜 나이라는 구습에 얽매여서 내가 내 삶을 결정하지 못하게 하시는거죠? 우리 여성들도 스스로 삶의 주인이 되어야 한다고 가르치셨잖아요. 지금 그에게 제가 필요하다구요. 전 절대 포기 못해요"

서로 밀리지 않으려는 부녀의 기싸움에 주변인들은 어떻게든 수습을 하려 하였다.

"그래도 학식하면 쭝산(中山) 만 한 사람이 어디 있겠소? 그의 사람됨은 또 어떻소? 과히 우리 중국을 대표하는 인물이 아니겠소!"

참 난감한 상황이다. 자신의 친구에게 시집가겠다는 딸을 둔 아버지에게 어찌 이런 말이 위안이 되겠는가? "당신 같으면 당신 딸을 후처로 시집보낼 수 있겠소?" 라고 울부짖으며 뱉은 아버지의 말이 바로 "혁명은 국가의 일이지만, 결혼은 우리 집안의 일이다"('革命是国家的事，结婚是我家的事)라는 말이다.

하지만 자식을 이기는 부모가 있으리요! 쏭칭링은 아버지의 가택 연금을 유모의 도움으로 집을 빠져나와 일본으로 향하였고 1915년 일본에서 변호사 입회 하에 두 사람은 결혼 서약을 하고 부부의 인연을 맺었다. 그녀는 쑨원이 사망하는 1925년까지 10년 동안 혁명의 동지이자 삶의 동반자로 생을 함께 하게 된다.

그렇게 쏭칭링은 쑨원과 아니 중국과 결혼하게 되었다.

중국은 내가 없어도 되지만 당신 없으면 안됩니다. (中国可以没有我，不可以没有你)

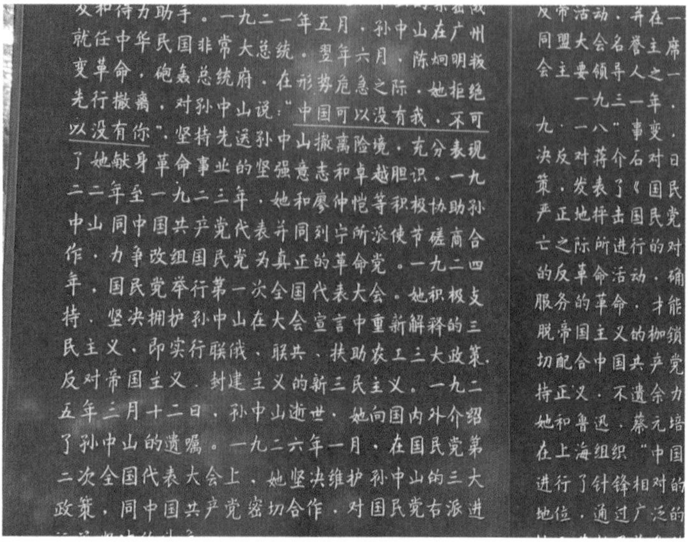

송칭링 기념관 표지석 뒷면

송칭링과 쑨원과 관련된 재미난 일화가 하나 더 있다. 27살의 나이 차이를 극복한 두 사람은 부부이자 신중국 건설의 혁명가로 동지적 삶을 살고 있었다. 1923년 쑨원은 광저우에서 세번째로 군정부를 세우고 대원수로 취임하였는데 제1차 국공합작의 기틀을 다질 때였다. 이때 쑨원은 그와 뜻을 달리하는 부하 천쫑밍(陳炯明)의 쿠테타로 절체절명의 위기에 빠지게 되었다. 한밤에 숙소를 급습 당해 체포 직전의 위기 상황에 몰린 것이다. 좁혀져 오는 체포망을 피해 탈출을 도모하는 두 사람의 발걸음은 생각처럼 빠르지 못하였다. 달도 기울어 칠흙 같은 어둠은 방향을 가늠하기 어려웠고 그들의 탈출구는 험난한 산길이었다.

권력에 눈 먼 반란군에 체포된다면 신중국 건설은 고사하고 사랑하는 사람마저 잃을 수밖에 없는 상황이 되리라는 것을 쏭칭링은 직감적으로 느끼고 있었다. 함께 도주하다 잡히느니 남편이자 혁명가 쑨원만이라도 탈출하게 하여 후일을 기약하는 것이 현명하다 판단을 하였다. 사랑하는 아내를 적진에 남겨두고 혼자 떠날 수 없는 남편 쑨원에게 쏭칭링은 이렇게 이야기를 했다.

"중국은 내가 없어도 되지만 당신이 없으면 안 됩니다. 제가 산 아래로 내려가며 저들을 유인할 테니 당신은 어서 고개를 넘어 이곳을 벗어나 후일을 도모하세요. 어서 가세요."

참 가슴 짠한 순간이다. 이것이 어찌 이 부부에게만 있었던 일이었겠는가? 몰래 집을 다녀간 우리 독립운동가들의 아내 역시 남편의 방문사실을 숨기며 가슴 조이지 않았을까? 묘하게 혁명가 아내의 애처러움이 겹쳐진다.

아내 쏭칭링의 기지로 쑨원은 무사히 체포망을 벗어 날 수 있었다. 날이 밝자 쑨원은 동지들을 규합하여 아내를 찾기 위해 혼신을 다하였다. 아직 반란군의 기세가 수그러지지 않은 상태라 도시를 벗어 나는 것이 안전하였지만 아내를 지키지 못한 죄책감에 차마 발을 띄기가 어려웠다. 초조한 여러날을 보내는 쑨원의 마음은 검게 타들어 가고 있었다. 군권을 장악한 반란군에 대항하기에 그가 가진 자원이 너무 빈약하였다. 단지 소수의 정보원들을 보내 아내의 행적을 찾는 것이 유일하게 할 수 있는 일이었다.

달이 기울어 가는 어느 저녁, 쑨원은 드디어 아내의 행방을 찾게 되었다. 근 한달의 시간이 흘렀다. 탈출을 하기 위해 시골 아낙네로 변장한 그녀는 이미 삶에 찌들은 모습을 하고 있었다. 이지적이고 에띤 얼굴은 찾을 수 없었고 수척한 몸매에 두 눈은 쑥 들어가 있었다. 아내 쑹칭링의 손을 잡으며 볼을 비비는 쑨원의 눈에도 눈물이 흐르고 있었다.

쑹칭링은 탈출 과정에서 심한 하혈을 하게 되었는데 이후 그녀는 평생 아이를 갖지 못하였다. 이때 여성으로 감내해야 할 고통이 그녀로 하여금 전쟁 고아나 여성 그리고 노약자에 관심을 갖게 되는 계기가 되었다. 실제로 쑹칭링의 후반의 삶은 고아원과 양로원을 설립하여 사회적 약자를 돌보고 여성운동과 교육에 매진하였다.

송칭링 능원을 방문하면 꼭 송칭링이 남긴 中国可以没有我，不可以没有你 이 글자를 찾아 보시길 바란다.

죽어서 돌아온 임시정부 어른들 – 누가 그들을 지켰는가?

송칭링 능원에 있는 만국공묘의 현재의 모습

초기 임시정부 수립에 지대한 영향을 미친 독립운동가들이 잠들어 있는 외국인묘원(구 만국공묘)은 송칭링 능원 안에 있다. 그토록 기다렸던 광복은 갑작스럽게 찾아왔다. 임시정부의 요인들조차 개인 자격으로 환국할 수밖에 없는 상황이었기에 중국에 있는 우리 교민들도 고국으로 돌아 가는 길은 멀고도 험난하였다. 해가 바뀐 후에야 귀국선에 몸을 실은 이들이 대부분이었다. 꿈에 그리던 광복이었지만 모든 사람이 고국으로 귀국한 것은 아니었다. 고국에 특별한 연고가 없던가, 이미 중국에서 사회적 경제적 토대를 갖춘 교민들에게는 자발적 선택의 시간이 되었다. 돌아가느냐 남느냐는 오로지 본인이 결정할 몫이었다. 하지만 그 결정은 몇 년 뒤 남과 북이 갈리고 동족상잔의 비극이 있을 거라는 것을 예측하고 내린 결정은 아니었다. 일제 강점기보다 고국으로 돌아가기가 더 어렵게 되리라고는 아무도 예상하지 못하였다.

그때 중국에 남은 사람들이 있고 또 남겨진 사람들이 있었다. 남겨진 사람은 다름아닌 조국의 독립을 위해 헌신하다 이곳 상하이에서 생을 마감한 독립 운동가들에게는 돌아 갈 수 있는 자유로운 고국은 없었다. 선택의 여지없이 이곳 상하이에 잠들게 된 것이다. 지금도 중국 땅 이곳저곳에 잠들어 계신 독립 선열들의 울부짖는 소리가 귓속을 맴도는 듯하다.

일본의 패전은 중국과 한국에서 이념간 권력 투쟁을 더욱 가속화시켰다. 서로 타협하지 못한 각 진영은 제각각 정부를 구성하였으며 다른 이념 간의 교류는 끊어지게 되었다. 한국에서도 중국에 남아 있는 한인들에 대한 관심은 해방 이후 점점 잊혀 가고 있었다. 이런 급박한 정세변화 속에 죽은 사람이야 오죽 하였겠는가? 김구 선생처럼 1949년 중화인민공화국 설립 전에 가족의 유해를 봉환해가지 않은 많은 독립운동가들은 중국에 묻힌 가족의 묘지가 온전한지 확인할 수도 없는 채 망각의 시간을 견디어야 했다.

100여년 전 이미 국제도시로서 면모를 갖춘 상하이는 외국인을 위한 공동묘지가 몇 군데 있었다. 쉬쟈훼이(徐家匯)에 완궈꽁무(万国公墓)에는 3.1운동의 설계자인 신규식 선생이, 그리고 찡안스꽁무(靜安寺公墓)에는 임시정부 2대 대통령 박은식 선생, 육군이지만 독립전쟁에서 공군의 중요성을 간파하시고 비행사 연성소를 만드신 임정의 군무부장 노백린 장군, 신민회 창설에 기여하고 태극서원 운영하다 105인 사건으로 구속되어 실형을 사신 안태국 선생, 임시의정원 의원으로 활동한 윤현진 선생등을 포함한 다수의 한국인 묘소도 있었다.

1953년 상하이는 도시가 확장되기 시작하면서 시 중심부에 있는 외국인 묘소에 대해 교외 이전을 추진한다는 소식이 현지 신문 원훼이빠오(文匯報)에 실리면서 우리 독립운동가들의 묘소가 무연고 묘로 훼손될 위기에 처하게 되었다. 이때 상하이에 살고 있던 임정시절 교민단 단장을 지낸 선우 혁과 상인 독립운동가로 불린 김시문은 이 소식을 홍콩에 거주하는 안태국 선생의 손녀 사위인 이의석 선생에게 알렸다. 홍콩으로부터 임시정부 요원들의 이장 비용을 지원받아 상하이 북쪽 지역인 쟝만 따창진(江灣 大場鎮) 묘원으로 임정의 어른들을 안전하게 이장할 수 있었다. 쟝만 (江灣)으로 이장된 외국인 유해는 다시 푸동꽁무(浦東公墓)로 옮겨졌다.

신중국 건설의 길은 순탄한 길이 아니었다. 1960년대와 70년대를 거치면서 중국은 대기근과 문화혁명의 소용돌이속에서 불안의 터널을 지나와야 했다. 홍위병의 광기는 죽은 사람의 무덤에까지 미치었다. 외국인 묘소의 묘비들은 무참하게 뽑히었으며 묘소 또한 훼손되었다. 묘지를 관리하는 관리인에게는 외세에 협력한 죄를 묻는 공개재판이 열리기도 하였다. 무덤속의 주인은 이름 없이 구천을 떠 돌아야 할 운명을 한탄하듯 지하에서 절규하고 있었다.

임시정부의 최고령 망명객 김가진의 묘도 그때 유실되었으며 안중근 의사의 어머니 조마리아의 묘소 역시 주인을 잃게 되었다. 1976년 상하이 시정부는 상하이 여러 곳에 산재해 있는 외국인 묘소의 유해를 송칭링(宋慶齡) 능원에 있는 만국공묘(万国公墓)로 이장하였다. 묘소의 주인이 확인된 유해를 송칭링 가족 무덤의 우측편에 외국인묘원이란 새로운 이름을 지어 이장하였다. 그 왼쪽에 너른 잔디밭에는 이름 잃은 수많은 주검이 함께 누워 있다.

1992년 8월 한국과 중국의 국교가 정상화되자 두 정부의 노력으로 임시정부 요원의 유해가 국내로 봉환되기 시작하였다. 1993년 8.15 광복절을 앞두고 박은식, 신채호, 노백린, 안태국, 김인전 5기의 유해가 국립현충원으로 돌아왔다. 이후 유족과 상의하고 중국측과 협의하여 수차례에 걸쳐 임정의 요인들을 모셔올 수 있었다. 임시정부 100주년이 되던 2019년 4월에 숭실학교 출신으로 인성학교의 학감을 지낸 김태연 지사의 유해가 봉환되었다. 아직도 이영선 지사를 비롯해 한국인으로 추정되는 여러기의 묘소가 남아 있다.

수교 후 1차로 봉환된 박은식 선생의 유해 봉환에 대한 일화가 있다. 김구 선생의 애제자이며 동지였던 최중호 지사의 손녀 최위자 여사의 증언에 의하면 1984년 한국을 방문하였을 때 고모부인 박시창 장군의 부탁을 받고 박은식 선생의 유해가 송칭링 능원에 있는지 확인을 요청받았다. 박시창 장군은 아버지 박은식 선생의 묘소가 송칭링 능원으로 안전하게 이전되었다는 얘기를 금문공사를 설립한 김시문이 1976년 서울을 방문하였을 때 직접 들었다고 하였다.

서울을 방문하고 상하이로 돌아온 최위자 여사는 바로 박은식 선생을 비롯한 우리 독립운동가의 묘지를 확인하고 서울의 고모 최윤신과 고모부 박시창에게 연락을 취하였다. 이 일은 상하이 시에까지 보고되어 묘지의 이장(移葬) 협상이 진행되었다. 외교관계가 없는 한국으로 이장은 어렵고 홍콩으로 이장은 허락한다는 파격적인 결정이 시정부에서 나왔다. 대한민국임시정부의 2대 대통령의 유해를 봉환하는 일은 우리 광복회뿐만 아니라 전 국민의 경사스런 일이지만 외교관계가 없던 당시의 상황에선 극도의 보안이 필요한 내용이었다. 그런데 일이 엉뚱한 곳에서 터지고 말았다. 이 일이 언론에 유출되면서 중국측이 난색을 표하기 시작하였고 결국 묘지 이장은 없던 일이 되었고 한·중 수교 이후에 1차적으로 모셔가는 협상으로 일단락 되었다.

선우 혁과 김시문 같은 해방 이후에 상하이에 거주하고 있던 한인들의 노고가 없었다면 박은식 대통령을 비롯한 우리 임정의 여러 요인들의 유해는 영영 고국 땅으로 돌아오지 못했을 것이다.

2장

희망이라 쓰고
독립이라 읽다

홍커우(虹口) 공원은 1988년 루쉰공원(鲁迅公园)으로 이름이 바뀌었다. 중국이 자랑하는 대문호 루쉰의 묘가 있기 때문이다. 원래 공원은 영국인들이 조성하였다. 1896년 영국은 조계지 바깥에 유흥을 위한 사격장을 조성하였고 1905~1909년에 영국식 체육공원을 모티브로 해서 홍커우(虹口)오락장을 조성하였다. 오락장은 다양한 체육시설과 산책로가 있는 놀이공원을 말한다. 처음 조성 당시 중국인들의 입장은 불가하였다. 1911년에 와서야 양복 입은 중국인에 한해서 입장이 허락되었고 1921년 홍커우(虹口)공원으로 바뀌었다. 1928년에 드디어 일반 중국인들에게도 자유로운 입장이 허용되었다. 1930년 전후로 공원 주변에 많은 일본인들이 거주하여 준조계지를 형성하였고 일본인들의 주요 행사가 이곳에서 거행되기도 하였다. 1932년 윤봉길 의사의 홍커우 의거에는 이런 배경이 있었다.

HERO임정학교는 이곳에서 같은 공간, 같은 시간을 살다 간 한국과 중국의 두 영웅을 만난다. 한 사람은 글로써 중국인들의 의식을 변화시킨 문(文)을 상징하는 중국의 문호 루쉰(鲁迅)이고, 다른 한 사람은 조국의 독립을 위해 자신의 몸을 던진 무(武)를 상징하는 우리의 독립 영웅 윤봉길 의사다. 문무를 대표하는 중국인과 한국인, 두 나라의 영웅은 어떻게 상대국의 사람들에게 영향을 미치었을까? 윤봉길 의사의 의거가 한인(韓人)은 물론 중국인들에게도 항일의식을 고취하고 한·중연대의 큰 시발점을 만들었듯이 루쉰도 일찌기 그의 작품을 통해 중국인은 물론 한인들에게도 크고, 작은 영향을 미치었다. 특히 아나키스트 독립운동가들과 직접적인 교류를 통해 그의 사상은 우리 독립운동가들에게 직접적 영향을 주었다. 윤봉길 의사와 루쉰은 피지배 민족의 독립이라는 같은 목표를 향해 다른 선택을 하였다. 루쉰은 "살아 있는데 죽은 사람이 있고, 죽었는데 아직 살아 있는 사람이 있다"라고 말하였다. 이 말은 마치 같은 공간에서 죽음의 길이 아닌 영생의 길을 선택한 윤의사에게 하는 듯하다. 죽어서도 살아 있는 불멸의 정신은 두 사람의 공통점이다. 루쉰을 이해하는 것이 윤봉길 의사와 우리 독립운동의 정신을 이해하는데 작은 실마리가 된다. HERO임정학교가 그의 기념관을 찾는 이유이다.

루쉰, 만인을 고치는 의사가 되고 싶은 사상가

공원의 남쪽 출입구로 들어오면 하얀색 담장에 루쉰기념관이라 쓰여 있는 건물이 보인다. 기념관 앞에는 '세계문호광장'이 넓게 조성되어 있다. 세익스피어, 빅토르 위고, 단테, 막심 고리끼, 괴테 등 세계적 문호의 동상들이 이곳을 찾는 사람들을 반갑게 맞아주고 있다. 중국인들은 루쉰을 세계적인 문호와 어깨를 견줄 수 있는 중국을 대표하는 작가라 생각한다. 실질적으로 중국 문학 작품 중 가장 많은 언어로 번역된 작품의 작가는 루쉰이다.

기념관 벽면에 쓰여진 루쉰기념관 5글자는 중국의 초대 총리를 지낸 쩌우언라이(周恩來)가 쓴 것이고, 루쉰의 묘비명은 마오쩌동(毛泽东)이 직접 쓴 글씨이다. 신중국 건설에 루쉰의 영향력이 어떠 했는지 알 수 있는 부분이다.

기념관 안쪽 로비에는 루쉰이 한 손으로 담배를 물고 있는 동상이 서 있다. 애연가인 루쉰이 무언가 깊이 사색하는 느낌의 동상이다. 계단을 따라 기념관 2층으로 올라오면 본격적인 전시가 시작된다. 유리 창문 뒤로 루쉰의 얼굴 모습이 화초로 만들어져 있다. 식물로 만들어진 얼굴은 계절이 바뀌면 색깔과 모습이 다소 변하기는 하지만 나름 이색적인 전시물이다. 죽은 생명체를 살아 있는 식물이 현실로 불러들이는 듯하다. 중앙 벽면 좌우에 있는 두 개의 부조 조각은 루쉰의 작품 세계를 단적으로 잘 표시하고 있다. 루쉰의 작품속에 그려진 삽화를 부조로 만든 것이다. 때론 한 장의 사진이, 한 장의 그림이 백 편의 글보다 강력할 때가 있다.

루쉰의 문학 작품은 계몽주의적 성격을 띈 작품이 많다. 루쉰의 계몽주의는 단순히 이상향을 향해 나아 가자는 선도적 계몽주의가 아니다. 현재 처해 있는 모습을 있는 그대로 보여줌으로써 현실의 자각을 일깨워 주고 있다. 현실의 자각에서부터 변화가 일어나는 것이다. 이것이 기타 계몽주의자들과 다른 루쉰의 독특한 어법이다.

왼쪽 부조 작품은 태양을 앞에 두고 앉아 있는 세 사람을 표현하고 있다. 세 사람의 시선은 전부 다른 곳을 바라 보고 있다. 우측 사람은 고개를 숙여 밑을 보고, 가운데 사람은 자신의 앞만 보고 있으며,맨 왼쪽 사람만 고개를 들어 태양을 직시하는 모습이다. 이는 각각 다른 메시지를 가지고 있다. 밑을 보거나 앞을 보는 사람은 눈앞의 이익에만 빠져 있는 근시안적 사람을 비유한 것이고, 고개를 들어 태양을 보는 사람은 목표를 보고 그곳으로 나아가려는 목적 지향적 사람을 형상화 한 것이다. 즉 두 작품을 통해 루쉰이 말하고자 하는 것은 서양 열강의 침략으로부터 벗어나려면 억압받고 있는 현실부터 자각하고 고개를 들어 목표를 설정하고 앞으로 나아 가야 한다는 것이다. 이것이 루쉰이 글을 쓴 궁극의 목표였던 것이다.

루쉰은 당시 중국인들의 모습을 창문도 없고 어떤 방법으로도 나갈 수 없는 무쇠로 만든 방 안에 갇혀 있는 사람들로 비유하였다. 갇혀 있는 사람들은 머지않아 질식해 죽을 운명인데 죽음이 닥쳐왔다는 슬픔을 전혀 느끼지 못하고 있다. 누군가는 깨어 이 고통을 울부짖을 때 비로소 해결의 방법을 찾을 수 있다. 즉 내부에서부터 변화의 노력이 있어야 함을 강조하였다. 현실의 자각이야말로 고통과 문제를 해결하는 실마리가 된다고 말하고 있다. 이러한 인식은 우리 젊은 지식인들에게도 전달되어 먼저 자각하고 민중을 일깨우는 독립운동의 한 방편이 되었다.

희망은 땅 위의 길과 같다

첫 전시관은 길을 주제로 전시가 되어 있는데 루쉰은 그의 에세이 〈고향〉에서 희망을 길에 비유하였다.

"희망이란 있다고도 할 수 없고, 없다고도 할 수 없다. 그것은 마치 땅 위의 길과 같다. 원래 땅 위엔 길이 없었다. 한 사람이 먼저가고 걸어가는 사람이 많아지면 그곳이 곧 길이 되는 것이다"

이 글귀를 보면 왠지 우리 독립운동가들의 마음이 이러하지 않았을까 하는 생각이 든다. 우리 독립운동가들도 절망에서 희망을 보며 아무도 가지 않은 그 길을 한 사람이 걷고 또 한 사람이 따라 걸어 개인의 꿈이 우리의 꿈이 되고 모두의 희망으로 변하게 한 것은 아닐까하는 생각이 든다.

두번째 전시관은 사람을 주제로 꾸며져 있다. 모든 일의 중심에는 사람이 있다. 사람을 올바르게 세우는 일이 만사의 근본이라는 입인주의를 설파했다. 사회의 모든 변혁은 사람에서부터 시작된다. 먼저 깨닫고 자각한 사람이 대중을 향해 외치면서 작은 시내가 강물이 되어 바다로 나아 가듯이 한 사람의 작은 움직임이 역사를 변화하게 하는 것이다.

루쉰의 대표소설 〈아Q정전〉은 '아Q'라는 사람의 일대기이다. 전시관에는 석고 조형물로 소설의 내용을 표현하고 있다. 이름 앞의 아(阿)는 애칭인데, 알파벳 대문자 Q와 연상이 되는 중국의 모습은 어떤 것이 있을까? 당시 중국인들의 머리 모양인 변발이 떠 오른다. 변발은 남자의 머리 가운데만 남기고 나머지는 깨끗이 밀어 뒤로 땋아 넘긴 머리 모양을 말한다. 머리를 따는 변발의 영어 표현이 QUEUE이다. "阿Q"는 그 당시 변발을 한 일반적인 중국인의 모습을 형상화 한 것이다. 그의 일대기를 통해 당시 중국인들이 가지고 있는 심적 요소를 그린 작품이다.

루쉰이 그린 '아Q'는 자기보다 돈이나 권력이 있는 사람 앞에서는 나약해지고 복종적이나, 자기보다 지위나 권력,금력이 없는 사람 앞에서는 군림하려는 인간의 모습으로 적나라하게 그려져 있다. '아Q'는 노예라는 약자의 신분에 처해 있으면서도 반항할 줄도 모르고 자기와 같은 노예를 무시한다. 언젠가는 강자의 위치에 올라 자기와 같은 노예를 억압하리라는 독특한 정신세계를 가졌다. 사회적 악습에 순응하고 자신의 패배를 온갖 미사여구로 합리화 시킨다. 루쉰은 이를 정신승리법이라 하였는데 우리는 누구나 '아Q'의 이런 속성을 가지고 있다고 지적한다.

아큐정전이 연재 되었을 때 많은 독자들은 작품 속 '아Q'에서 자신의 모습을 볼 수 있었다며 놀라와 했다. 100여년 밖에 안된 작품이 중국을 대표하고, 전 세계의 고전으로 통하는 것은 '아Q' 내면의 모습이 비단 100년전 중국인의 모습만이 아니라 오늘을 살고 있는 우리의 모습과 크게 다르지 않는 공감대를 형성하기 때문이다. 내 마음속에 자리 잡은 '아Q'의 속성을 덜어 내는 것은 변화에 두려워 하지 않고 불의한 강자(强者)에 당당히 맞서고 약자를 보호하는 길이 될 것이다.

루쉰과 교우한 한국인들

이어진 전시관은 그의 생애를 통해 가치관 형성에 중요한 계기가 된 사건과 당시의 시대상을 읽을 수 있는 다양한 전시물로 채워져 있었다. 전 세계 여러나라의 언어로 번역된 책을 양쪽 벽면 끝까지 올리고 천장은 거울로 만든 전시 공간은 마치 책 터널을 지나 가는 듯 했다. 많은 책 가운데 한국어로 출판된 책이 유독 눈을 사로잡는다.

루쉰은 당대의 중국인들뿐만 아니라 우리 젊은 지식인들에게도 많은 영향력을 주었다. 루쉰의 이름이 한국문단에 소개된 것은 1920년대 부터였다. 루쉰과 교우한 대표적 한국인으로는 〈광인일기〉와 '광야'의 시인 이육사가 있다. 이육사는 김원봉이 조직한 의열단에 가입하여 난징에서 '조선혁명군사정치간부학교' 2기를 졸업하고 임무를 띄고 고국으로 돌아가는 길에 상하이에서 루쉰을 만나 문학적 교류와 시대의 아픔을 함께 나누었다. 이육사는 루쉰의 저항정신에 깊은 감명을 받았다. 한국적 시어(詩語)로 살아난 이육사의 저항시는 많은 식민지 청년들에게 꿈과 희망을 주었다. 이육사는 루쉰이 죽었을 때 애도의 뜻을 담아 루쉰의 생애와 작품 등을 소개하는 칼럼을 신문에 연재하기도 하였다.

루쉰이 베이징에 머물고 있을 때, 아나키스트 독립운동가 이우관과 류기석과의 교류도 기록으로 남아있다. 루쉰의 작품은 전 세계 많은 언어로 번역되어 있는데 루쉰의 작품을 최초로 번역한 사람이 바로 '代를 이은 독립운동가'로 불리는 류기석 선생이다. 류기석은 1927년에 루쉰의 대표작 "광인일기"를 독립운동단체 흥사단의 기관지인 "동광(東光)"에 번역해서 실었다. 중국의 인터넷 검색창에 루쉰의 최초 해외번역자를 검색하면 류수인으로 나와 있는데 樹人이란 이름은 류기석 선생의 필명이자 루쉰의 본명이다. 즉 루쉰을 존경한 류기석 선생의 그가 번역한 작품의 필명으로 루쉰의 본명 樹人을 쓴 것이다.

이렇듯 루쉰은 동시대 중국인은 물론 한국인들에게도 많은 영향력을 준 중국의 문학가이자 사상가이며 혁명가였다. 한,중,일 삼국의 교과서에 작품이 등재되어 있는 유일한 작가이기도 하다.

루쉰 공원에 가면 윤봉길 의사만 만나지 말고 루쉰도 꼭 만나보기를 권유한다.

3장

음수사원 현장을 가다

▌마음과 마음이 만나다.

윤봉길 의사의 의거 이후 임시정부는 대대적인 일본 경찰의 검거를 피해 상하이를 떠나야만 했다. 다시 돌아와야 할 4,000킬로미터에 달하는 대장정의 길을 떠난 것이다. 임정의 주요 인사가 항저우로 피신한 사이 김구 선생은 저장성(浙江省) 쟈싱(嘉兴)으로 향하였다.

중국인들은 하늘에는 천당이 있고 땅에는 수저우, 항저우가 있다고 했다. (上有天堂 下有苏杭) 그만큼 풍요롭고 살기 좋은 땅이 중국의 창장(长江)이남의 강남 땅이다. 쟈싱은 상하이와 장수성의 수저우(苏州), 저장성의 항저우(杭州)를 꼭지점으로 하는 삼각형을 그리면 그 중심에 위치해 있다. 이곳은 예로부터 토지가 비옥하고 기후가 좋아 물산이 풍부하였고 사람의 마음씨 또한 넉넉한 곳이다. 일직이 양잠업이 발달해 비단이 유명한 곳으로 현재에도 중국 섬유산업에 중요한 도시중에 한 곳이다. 이곳에는 한국의 섬유관련 대기업이 진출해 특수 섬유부분에서 큰 두각을 보이고 있다.

쟈싱 시내 중심부에 난후(南湖)라는 호수가 있다. 이곳 난후(南湖)에서 항일전쟁시기 중국공산당과 대한민국임시정부는 모두 비슷한 사건을 경험하게 된다. 중국 공산당 일대전당대회의 마지막 행사를 이곳 난후에서 선상회의로 진행하였다. 우리 임시정부도 항저우 시절 동일한 형식으로 이곳 난후(南湖)에서 선상회의를 통해 각료를 재선임해 무정부 상태의 임시정부를 다시 정비한 경험이 있다. 호수 위 선상회의는 주변의 염탐과 도청의 위험에서 자유로웠고 혹 발각의 위험이 있어도 관련 자료를 물속에 수장시킬 수 있는 이점이 있었다. 이러한 점이 우리의 독립운동가와 중국의 혁명가들이 난후에서 선상회의를 한 이유이다.

이 호수변에 20세기 초 중국 남방의 건축 양식을 그대로 복원한 김구 피난처가 있다. 백범 김구 선생은 어떻게 이곳 쟈싱에 피난을 오시게 되었을까? 백범의 상하이 탈출은 미국인 선교사 애쉬모어 피치 부부의 도움이 있었다면, 백범의 안전한 피신은 이곳 쟈싱 출신의 교육가이며 혁명가이고 국민당의 원로인 추부청(褚輔成 1873~1948)과 그 가족의 따뜻한 배려가 있어 가능했다. 즉 김구선생의 피신은 임정활동에 대한 국제 우호인사들의 도움이 있어 가능하였다. 옆에는 추부청사료전시관이 있다. 백범과 우리 임정요원의 피난시기를 이해하기 위해서 반드시 먼저 알아야 할 인물이다. 사료전시관에는 추부청 선생의 일대기와 업적이 잘 정리되어 있다.

추부청은 일찍이 일본 유학시절 쑨원(孙文)의 흥중회(兴中会)에 가입하여 중국 혁명 대열에 참여하게 된다. 이 단체가 동맹회(同盟会)를 거쳐 나중에 중국국민당이 되었다. 주부청 선생은 신해혁명 당시 저장성(浙江省) 성장을 역임하였다. 윤의사 의거 당시에는 상하이 법가대학 총장이었으며 항일구국회의 회장이었다. 그는 중국국민당 설립 이후 줄곧 요직을 담당하였고 국민당 주요 인사로서 우리 임정측과 교섭한 흔적이 여러 군데 남아 있다. 또 1945년 일본의 패망을 앞두고 전쟁이 끝나갈 무렵 국민당 참정회 참의원의 자격으로 대표단을 이끌고 옌안(延安)으로 날아가 마오저뚱(毛泽东)과 쩌우언라이(周恩来) 등 공산당 인사들을 만나 전쟁 이후 중국의 상황에 대해 협상을 하였다. 그는 항일전쟁 시기에는 국민당을 대표하는 원로 중 한 사람이었다. 1945년 일본이 패망한 이후에는 신중국 건설을 위한 과학기술자와 지식인을 중심으로 한 정치연맹인 구삼학사(九三學社)를 설립한 발기인중 한 사람이다. 이 구삼학사(九三學社)는 현재 중국공산당의 위성정당으로 중국의 다당제의 한 축으로 활동하고 있다.

또 추부청은 초기 중국 공산당의 핵심 인물인 쳔두수(陈独秀)가 국민당에 체포되었을 때 그를 변호한 경력이 있다. 쳔두수는 그의 도움으로 풀려 날 수 있었고 중국 공산혁명에 사상적으로 큰 역할을 하게 된다. 이러한 경력이 비록 국민당의 최고 원로 중 한 사람이었지만 그를 기리는 기념관이 만들어질 수 있는 계기가 되었다. 비록 정파는 다르더라도 신중국 건설에 행정가이자 교육가로서 역할을 한 그의 공적을 기리고 있는 것이다. 역사 해석에 당파적 이익을 떠나 조금은 열린 가슴으로 대하는 중국인들의 모습을 볼 수 있다.

백범의 글에 탄복한 추부청

여기 멋진 만남이 있다. 민족을 넘고 언어를 넘는 가슴 따뜻한 만남이다. 윤봉길 의사 의거 이후 임정의 핵심요원들은 중국 국민당측에 김구선생의 피난처 제공에 대해 도움을 청한다. 추부청 선생은 현상금이 60만원이나 걸려 있는 외국정부의 인사를 어떻게 돕겠다고 결심을 하였을까?

홍커우의거의 배경과 이로 인한 임시정부의 위급한 사정을 전해 듣는 과정에서 추부청 선생은 김구 선생이 쓴 휘호를 보게 된다. 그

한시 문구가 추부청 선생을 감동하게 하였다. 그 글은 김구 선생이 선택의 기로에서 항상 새겼던 글로서 스승이신 고능선 선생이 17살의 어린 제자 백범의 결단성을 길러 주기 위해 적어 주신 글이다. 글의 내용은 이러하다.

- 득수반족무족기(得樹攀枝無足奇)
  - 가지를 잡고 나무를 오르는 것은 기이한 것이 아니다.
- 현애살수장부아(懸崖撒手丈夫兒)
  - 벼랑에 매달려 잡은 손을 놓는 것이 가히 장부로다.

백범은 스승이 주신 이 글을 평생 삶의 지표로 삼았다. 언제나 선택의 기로에 섰을 때 이 구절을 되새기며 결단을 하였다. 맨손으로 치하포 포구에서 일본 육군 중위 스치다를 처단하기 전에도 이 말을 되새겼으며 또 홍커우 의거 전날 윤봉길 의사에게도 이 말을 전하며 무거운 죽음을 선택한 윤의사야 말로 장부임을 강조하였다. 손을 놓는 순간 비로서 길이 열리는 것이다. 비록 그 길은 큰 대가를 지불해야 하는 길이지만.

고능선 선생의 말이 백범을 거쳐 윤봉길 의사에게 전해져 독립의 역사가 되었듯이 이제 그 말은 중국 항일지사 추부청 선생에게 전해져 한중우호의 큰 시금석이 되었다. 이 글귀를 본 추부청 선생도 감동을 받았다. 이런 글을 쓰는 사람의 인품을 가늠하게 되었으며 항일운동가로서의 동질성을 느꼈던 것이다. 언어와 민족은 달랐지만 항일을 하는 이유는 민중에 대한 사랑이고 바로 그 사랑의 실천은 내가 잡고 있는 손을 놓는 일이었다. 이렇게 두 사람은 만나게 되었다.

이후 추부청 선생은 김구 선생을 양아들 천동성(陳桐生)의 집에 머무르게 하였으며 양아들로 하여금 가까운 거리에서 김구 선생을 보호하게 하였다.

우리에게 교훈을 주는 추부청의 글,

추부청 기념관 2층의 밀납인형과 선생의 대련

기념관 2층에 무언가를 쓰고 있는 추부청 선생의 밀납 인형이 있다. 그 밀납 인형 뒤로 선생이 전서(篆書)로 직접 쓰신 대련이 걸려 있는데 그 내용은 이러하다.

- 여유경동망불길(汝唯敬動芒不吉)
  - 네가 오직 공경히 행동하면 길하지 않은 일이 없고
- 약유유용현기능(若有猷用懸其能)
  - 만약 꾀를 부리려 한다면 능력이 헛되이 될 것이다.

이 문구 역시 삶을 대하는 태도의 중요성을 나타내고 있다. 김구 선생이 자주 썼던 말이나 추부청 선생의 이 말이나 묘하게 통하는 게 있다. 이렇게 두 사람은 서로를 글로써 교감한 것이었다.

사람에게 있어 진정성은 무엇일까? 번지르한 말도 아니고 좋은 결과도 아니다. 어떤 일을 대하는 태도에 그 사람의 삶의 궤적이 있고 진정성이 있는 것은 아닐까? 일을 계획함에 있어 경건한 마음을 가지고 움직이는 것과 내가 가진 기득권을 내려 놓고 대의를 위한 선택을 하는 것은 같은 뜻의 다른 표현인 것이다.

소설로 살아난 쟈싱(嘉兴)의 김구 피난처

추부청 선생은 중국말이 서툴었던 백범 선생의 안전을 위해 집안에서 허드렛일을 하던 주아이바오(朱爱宝)로 하여금 백범을 모시게 하였다. 그녀는 쟈싱에서 난징까지 근 5년동안 백범 선생을 광동인(广东人)으로 알고 모셨다. 그녀는 우펑추안(烏蓬船)이라 불리는 배를 저으며 김구 선생을 안전하게 모셨다. 우펑추안이란 배는 운하가 발달되어 있는 중국 강남의 대표적인 교통수단으로 대나무 지붕이 있는 작은 배이다. 지붕에 방수를 위해 칠한 도료가 검은색이라서 붙여진 이름이다. 거미줄 같은 강남지역의 운하는 각 지역을 연결하는 교통로였으며 이 배는 물위를 달리는 자동차이자 이동하는 숙박시설이기도 하였다.

5년의 짧지 않은 시간을 함께하였지만 백범일지에 있는 그녀의 기록은 몇 줄 되지 않는다. '오늘은 남문 밖 호수에서 자고, 내일은 북문 강변에서' 잔 그 배를 저은 사람이 바로 주아이바오이다. 백범은 난징에서 창사로 이동하면서 주아이바오를 고향인 쟈싱으로 돌려보낸다. 다시 만날 것을 기약할 수 있을 것으로 생각하고 돈을 넉

넉히 주지 못한 미안함을 백범일지에 짧게 표현하였다.

이 몇 줄 안되는 내용을 역사의 뒤안길에서 건져 올려 새 생명을 불어넣은 사람이 있다. 김구의 피난시기를 배경으로 주아이바오(朱愛寶)와 김구와의 관계를 조명한 '선월(船月)'이란 소설을 쓴 중국작가 샤넨셩(夏蓮生) 작가이다. 선월의 배경이 되는 김구 피난처에 들어가 보자.

김구 피난처는 추부청 기념관 옆에 붙어 있다. 메이완지에(梅彎街) 76호인 이 건물은 주부청의 양아들 첸동셩(陳桐生)의 집이었다. 강남의 대표적 양식으로 안채와 바깥채로 구성되어 있고 가운데는 네모 모양의 인공 연못이 있어 한 여름의 더운 열기를 식혀 주는 역할을 한다.

입구에 김구 선생 흉상이 있고 첫 전시물에 눈에 띄는 사진 한 장이 있다. 김구 선생과 두 아들 그리고 백범의 어머니 곽낙원 여사와 함께 찍은 가족사진이다. 어머니와 둘째 아들을 9년만에 만난 것을 기념하기 위해 찍은 사진이다. 백범은 아내를 잃은 지 오래였다.

모든 위인이나 영웅의 뒤안길에는 보이지 않는 누군가의 조력과 헌신이 있었다. 특히 어머니나 배우자의 헌신은 다른 이들과 비교할 수 없을 정도이다. 백범의 어머니도 그러 하셨다. 이봉창 의거, 윤봉길 의거로 말미암아 백범을 잡으려는 일본 경찰은 고향집의 어머니를 감시하며 백범의 거처를 추궁한다. 일제의 감시망을 피해 두 손자를 데리고 어머니는 다시 중국 망명길에 오르셔서 상하이를 거쳐 이곳 쟈싱에 도착하게 된다. 호수와 접해 있는 바깥채 2층에 김구선생이 거주하셨다. 침대 하나 책상 하나 들어 갈 수 있는 작은 공간이다. 이 작은 공간에서 가족은 재회를 하였다. 늙은 어머니가 아들을 만나고, 어린 자식이 아버지를 만나는 눈물의 재회였다. 백범의 기쁨은 눈물이 되었고 어머니에 대한 미안한 마음과 젖먹이 둘째 아들이 잘 자라준 것에 대한 대견한 마음이 교차하고 있었다. 자식을 본 어머님의 마음은 어떠했을까? 백범일지에는 당시의 곽낙원 여사의 말씀이 남아 있다.

> "나는 지금부터 시작하여 '너'라는 말을 고쳐 '자네'라 하고 잘못하는 일이라도 말로 꾸짖고 회초리를 쓰지 않겠네. 듣건데 자네가 군관학교를 하면서 다수 청년을 거느리고 남의 사표(師表)가 된 모양이니 나도 체면을 세워주자는 것일세"

9년만에 만난 아들에게 하신 말씀이 이름을 함부로 부르지 않고 앞으로 잘못을 하더라도 회초리를 들지 않겠다는 말씀이라니 믿기지 않는다. 당시 백범은 58세로 환갑을 앞둔 나이였다. 이 말씀을 들은 선생은 '어머니로부터 큰 은전을 입었'다라고 말씀하고 있다. 그 어머니에 그 아들이다.

방안 책상에 앉아 백범의 고뇌를 새겨본다. 창문 밖 호숫가를 보며 선생은 어떤 마음을 가지셨을까? 풍전등화와 같은 현실속에 조국의 독립을 고민하였을 백범의 모습이 그려진다. 호숫가에 접한 문에는 비상시 언제든지 이동할 수 있는 작은 나룻배가 묶여 있었다. 나룻배를 젓는 뱃사공과 망명객 그들은 이 작은 배에서 어떤 달빛을 보았을까?

인생은 배와 같고, 인연에 따라 달빛을 얻는다.
人生如船 隨緣得月

김구 피난처 (사진가운데 작은 하얀집)

수 천년의 중국 역사상 중국인이 한국인을 소재로, 특히 한국의 역사적 사실을 주제로 문학 작품을 저술한 책이 몇 권이나 있을까?

주아이바오와 김구가 주인공인 소설 〈선월(船月)〉은 남녀간의 사랑을 그린 작품이 아니다. 작품은 한국을 대표하는 민족지도자와 중국의 평범한 뱃사공을 통해 항일전선에 함께 연대한 한·중간의 우의를 그린 작품으로 암울한 시대를 헤쳐 나가는 영웅의 담대함과 그 이면에 숨겨진 인간적 고뇌를 지켜보는 여인의 따뜻한 시선을 그리고 있다.

작가는 소설 〈선월〉에서 김구 선생과 주아이바오의 관계를 고뇌하는 지도자와 선량한 백성, 글을 가르치는 선생님과 학생, 아버지와 딸의 관점에서 묘사하기도 하였고 때론 존경이 연민으로 흐르는 남성과 여성의 시각으로 다양하게 전개하고 있다. 딱딱하기 쉬운 역사 소설의 한계를 넘기 위에 작가는 이 둘사이에 '야빠'라는 벙어리 청년을 등장시킨다. 김구 선생에 헌신적인 주아이바오, 그리고 그를 바라보며 자신의 마음을 전달하지 못하는 벙어리 청년 '야빠'를 통해 묘한 삼각관계가 소설적 재미를 더해 준다.

등장인물의 지향점은 모두 다르다. 벙어리 청년은 여인에게, 뱃사공 여인은 김구에게, 망명객 김구는 오직 나라의 독립만을 생각하는 직선적 구조는 어느새 나라는 벙어리 청년 같은 힘없는 약자를 보호해야 하는 순환적 구조로 전환하고 있다. 이런 상호 의존적 관계를 작가는 소설 속에 수려한 문체를 통해 전달하고 있다.

하늘의 달은 어두운 밤 하늘을 지키는 등대와 같은 존재이다. 아침이 올때까지 하늘 아래 모든 이들에게 희망을 주는 존재이다. 물위의 배는 그 달빛을 따라 어두운 물결을 헤쳐 나갈 수 있다. 배와 달은 서로 만날 수 없는 공간적 거리를 가지고 있지만 물 위에 비친 달빛은 그 배와 함께 이동한다. 달 빛이 없으면 배가 나아갈 수 없지만 배가 없으면 밝은 달빛 인들 무슨 소용이 있겠는가?

작가는 이 소설 외에 윤봉길 의사를 모티브로 한 소설 〈회귀천당(回归天堂)〉과, 김구 선생의 중국내 활동을 정리한 사료집 호보류망(虎步流亡) 등 세 권의 책을 집필하였다. 이 책들은 지금 우리 독립운동사를 중국인들에게 소개하는 좋은 교재로 쓰이고 있다.

샤넨셩 작가와의 인연

작가는 글을 쓴다. 그러나 글을 쓴다고 모두 작가는 아니다. 마치 말을 한다고 모두 훌륭한 연설가가 되는 것이 아니듯이. 작은 차이는 독자나 청중이 느끼는 감동의 차이이다. 샤넨셩 작가의 글과 말에는 감동이 있다. 그녀의 이야기는 살아서 움직이는 역동성이 있고 사람을 빨아들이는 흡입력이 있다. 어디까지가 작가의 말이고 어디부터가 역사가 이야기하는지 그 구분의 경계가 명확하지 않을 정도로 역사현장을 묘사하는 그의 능력은 탁월하다. 내가 만나본 중국인들 중에는 최고의 이야기꾼이다.

작가와의 첫 만남은 10여년전으로 기억한다. 교민들을 대상으로 김구 강의와 쟈싱의 김구 피난처를 소개하는 탐방을 준비할 때였다. 지인의 소개로 김구의 피난시기를 다룬 중국 작가가 있는데 소개시켜 줄 수 있다하여 일정을 쟈싱에서 항저우(杭州)까지 조정하여 작가의 거주지에서 일행들과 함께 만났다. 단아한 용모의 작가는 멀리서 온 우리를 반갑게 맞아 주었다.

소설 〈선월〉의 내용과 배경, 윤봉길 의사를 주제로 쓴 〈회귀천당〉 집필과정에서 경험한 신비한 체험, 한국의 독립운동이 중국에 미치는 영향 등 이야기를 듣는 내내 우리 모두는 이야기 속으로 빨려 들어 가고 있었다. 한국과의 개인적인 인연은 어떤 숙명적 힘이 존재하는 듯하였다. 이후 샤넨셩 작가와는 지속적인 만남을 가져오고 있다. 작가는 HERO역사연구회의 한 · 중 우호의 관점에서 독립유적지를 탐방하고 강의하는 활동에 대해 큰 지지를 보내주셨다. 탐방단을 이끌고 쟈싱이나 항저우 임정을 방문할 때 종종 귀한 시간을 내시어 방문단을 위한 강연도 해 주시곤 한다.

여러 일화 중 몇 가지 기억에 남는 일은 주상하이대한민국총영사관에서 주최한 '제4회 한중우호의 밤' 행사에 중국측 강연자와 한국측 강연자로 같은 무대에서 강연을 한 기억이다. 한중우호의 밤은 총영사관에서 화동지역의 우리 독립유적지를 관리하시는 분들을 모시고 감사의 인사를 전하는 연례행사로 한 · 중국측 인사들이 400여명 참석하는 공식 행사이다. 중국내 우리 독립운동을 바라보는 시각을 한국인과 중국인의 관점에서 각각 조명했다. 코로나가 극성을 부리던 시기에는 샤넨셩 작가와 총영사관에서 대담을 진행하였다. 대담은 우리 독립운동사를 배경으로 쓰여진 작가의 작품을 소재로 한중간의 우의를 다루는 영상으로 제작되어 영사관 홈페이지를 통해 온라인으로 배포한 기억은 무척 의미 있는 기억이다.

대담 중 윤봉길 의사의 홍커우 의거를 다룬 〈회귀천당〉(回歸天堂) 내용을 남겨 작가가 바라보는 우리 독립운동사의 이야기를 전한다.

샤넨셩 작가와 인터뷰 내용 李는 저자 이명필이고, 夏는 샤넨셩(夏輦生) 작가이다.

李 : 선생님께서 쓰신 한류3부곡 중 마지막 작품 〈회귀천당〉은 한국어로는 〈천국의 새〉로 번역되어 있습니다. 이 작품은 어떤 작품인가요?

夏 : 윤봉길 의사의 홍커우 의거에 관한 책입니다. 1932년 4월 29일에 있었던 홍커우 공원에서의 의거는 작은 사건이 아니었습니다. 일본군 4만여명이 우리 중국의 영토에서 무엇을 하고 있었습니까? 상하이 침략 전쟁의 승리를 자축하고 일왕의 생일을 축하하는 행사를 한 것입니다. 일본에 유린된 한국과 중국 두 민족이 처한 위기의 순간에 23살의 청년은 완전히 자신의 생명을 던지게 됩니다. 어떤 이들은 이날의 사건을 폭탄 투척이니 폭력이니 하는데 그렇지 않습니다. 그가 던진 폭탄은 억압과 핍박을 받는 민족이 세계를 향해 던진 평화의 외침이었습니다. 홍커우 공원에 뿌려진 윤의사의 붉은 피와 생명은 역사가 되었고 피는 물보다 진

하다는 한중 우호의 상징이 되었습니다.

李 : 윤의사의 의거에 대한 평가가 참 감동적입니다. 김구 선생에 이어 윤봉길 의사를 주제로 작품을 쓰시게 된 특별한 계기가 있으신가요?

夏 : 〈선월〉을 출판하고 한국을 방문할 기회가 많아졌습니다. 여러 대학에서 강연도 하였고, 언론 매체와 인터뷰도 여러 번 하였습니다. 어느 해 서울에서 열리는 도서전시회를 참가하게 되었는데 그때 독립기념관의 초청으로 윤봉길 의사의 고향인 예산 충의사를 방문하게 되었습니다. 그때 아주 특별한 경험을 하게 됩니다.

李 : 어떤 경험을 하셨습니까?

夏 : 윤봉길 의사의 영정에 향을 사르고 절을 하고 고개를 드는 순간 전 온몸이 전율하는 것을 느꼈습니다. 윤의사의 두 눈과 내 눈이 마주치는 찰나의 순간이었죠. 윤의사는 제게 무언가를 말을 건네고 있었고 전 아무런 말도 못하고 하염없이 울기 시작하였습니다. 주변은 난리가 났었습니다. 함께 가신 독립기념관과 윤봉길기념사업회 관계자 분들은 갑작스런 저의 행동에 어쩔 줄 몰라 하였고 휴지를 건네며 제가 안정되기만을 바랬었지요

李 : 윤의사의 영정을 바라 보시는 순간 어떤 감정이 올라 오신 건가요?

夏 : 저는 시간과 공간을 넘어 윤의사와 교감을 하고 있었습니다. 영정 속 윤의사는 제가 알고 있는 청년 윤봉길이 아니었습니다. 표정은 그가 감내했을 암흑의 시간만큼 어두웠으

나 그 눈빛에는 자신의 생명, 가족, 어머니, 그리고 아이들에 대한 뜨거운 사랑이 담겨 있었어요. 그러나 민족을 위해서 엄청난 고통을 감내하며 내면에 차오르는 그런 사적 감정을 잘라 내었던 거에요. 제가 생각했던 영웅의 모습이 아니었어요. 영웅이라 하면 어떤 것도 개의치 않는 그런 모습인 줄 알았는데 제가 틀렸던 거에요. 지금도 그때를 생각하니 제 감정을 추스르기 어렵네요. (작가의 눈은 촉촉해지기 시작하며 입술은 떨렸다. 금방이라도 눈물을 쏟을 것 같은 감정을 애써 참고 있었다.)

李: 아주 특별한 경험을 하셨군요. 어떻게 감정을 추스릴 수 있었습니까?

夏: 정말 특별한 경험이었습니다. 흐르는 눈물을 자제하지 못하였고 점심도 거른 채 계속 울기만 하다 불현듯 윤의사에 대한 글을 써야겠다는 마음이 드는 순간 안정을 찾기 시작하였어요. 윤의사가 나를 불러 그의 이야기를 쓰게 한 것이지요. 제가 선택한 것이 아니라 윤의사가 저를 선택한 것이지요.

李: 책의 집필을 하게 된 남다른 이유가 있으셨군요. 책을 쓰시면서 혹 어려운 것은 없었나요?

夏: 왜 없었겠습니까? 20대 초반에 집을 나선 윤의사이기에 고향에 남아 있는 일화가 거의 없었어요. 중국 청도에서 어머니에게 보낸 편지 한 통, 그리고 동생 윤남의 선생이 기억하는 짤막한 몇 가지 일화 정도였어요

李: 윤남의 선생께서는 어떤 말씀을 해 주셨나요?

夏: 특별한 기억이 있었는데요. 윤봉길 의사가 순국하던 1932년 12월 19일 윤의사의 고향 예산에는 두가지 일이 일어

났다고 합니다. 하나는 예산에 살고 있는 어느 농부가 이른 아침 산을 오르는데 장군봉이란 산 정상의 돌이 큰 소리를 내며 아래로 굴러 떨어졌다는 겁니다. 또 다른 하나는 윤의사 어머님과 관련된 것인데 그날 아침 5시쯤이었답니다. 어머님은 자고 있었는데 갑자기 바람이 불더니 방문이 열리며 문살이 부서지고. 바람은 휘이익 하는 소리와 함께 방안을 휘젓고 사그라 들었습니다. 순간 어머니는 아들이 돌아왔음을 직감하셨답니다. 윤의사가 집을 나간 이후 매일 아침에 밥 한 그릇을 떠서 아랫목에 묻어두셨대요. 저도 엄마예요. 자식에 대한 그런 감정을 깊이 이해할 수 있어요. 왜 하필이면 윤의사가 사형을 당하는 날 그 시각에 엄마는 꿈속에서 놀라 깨었을까요? 윤의사의 혼령이 죽음의 길에서 어머니를 찾은 거라 생각됩니다. (작가는 이 대목에서 한참을 말을 잇지 못하였다. 마치 엄마로서 아들을 만나는 듯하였다.) 그의 죽음은 한 개인의 죽음이 아니라 영웅의 죽음이었습니다. 이 생명의 이야기는 한국뿐만 아니라 우리 중국인들에게 전해주는 이야기입니다. 또한 현재를 사는 모든 이들에게 남겨진 이야기입니다.

李 : 윤봉길 의사의 의거는 중국인들에게 어떤 영향을 미치었나요?

夏 : 사실 단순히 영향 이라고만 말하기 어렵습니다 제 생각에는 윤의사의 의거는 평화를 추구한 중,한 양국민의 하나됨을 보여주고 있습니다. 전세계 피식민지 사람들의 마음 깊은 곳에서 올라오는 함성 그것은 바로 평화였습니다. 평화는 반드시 대가를 필요로 합니다. 폭탄 하나에 의지한 윤의

사의 의거는 중한 양국 국민들을 서로를 깊게 이해하는 계기가 되었습니다. 일본 제국주의에 항거한 동일한 경험을 가지게 된 것이지요.

우리가 이 역사를 기억해야 하는 이유는 무엇일까요? 그 당시 중한 양국국민의 우정을 소중히 여기고 더 나아가 두 나라의 아름답고 발전적 미래를 창조하는데 의의가 있다 하겠습니다. 그것이 우리가 역사를 기억해야 하는 목적입니다.

李 : 전적으로 동감합니다. 홍커우 의거는 한 · 중간의 연대가 있어 가능한 일이었습니다. 또한 윤의사의 의거가 한국과 중국뿐 아니라 전세계 평화를 사랑하는 사람들을 향한 외침이었다는 말씀이 무척 인상에 남습니다. 한 · 중간의 발전적 관계를 위해 애쓰시는 작가님께 존경과 감사를 드립니다. 마지막으로 한 · 중 청년들에게 한 말씀 부탁드리겠습니다.

夏 : 중·한 양국의 우정은 지속 발전되어야 합니다. 저는 "인생은 배와 같고 인연에 따라 달빛을 얻는다"라고 말하곤 하는데 중한 양국민이 과거에 함께 한 역사를 오늘에 새겨 더 나은 내일로 나아갈 수 있게 환하게 비치는 달빛이 되기를 소망합니다.

샤넨셩 작가와의 인터뷰

샤넨셩 작가와 한국과의 특별한 인연

작가는 어떻게 중국인으로서 한국인 더군다나 한국독립운동사를 배경으로 작품을 쓸 수 있었을까? 작가는 누구에게나 하늘이 준 거역할 수 없는 운명이란 것이 있다고 믿고 있다. 작가와 한국과의 인연도 운명처럼 다가왔다

고등학교를 다닐 때였다. 어느 날 6남매중 장녀인 큰 언니가 청년 한 사람을 데리고와 결혼할 사람이라고 부모님께 인사를 시켰다. 큰 언니는 난징에서 인민해방군 군악대에 있었는데 그곳에서 둘은 만났다. 결혼으로 가족의 인연이 된 큰 형부는 모두에게 자상하였다. 작가는 아버지가 없는 중국인으로 알고 있던 큰 형부를 큰 오빠라 부르며 유독 따랐다. 집안의 대소사에 항상 열심이었던 큰 형부는 1987년 어느 날 자신은 한국인이며 자기의 조국으로 돌아가겠다며 큰 언니와 언니의 시어머니를 모시고 한국으로 이주를 하

였다. 너무 갑작스러운 이별이었다. 큰 형부의 아버지 유평파와, 큰 아버지 유진동은 김구 선생을 도와 독립운동을 한 한국의 독립 운동가였다.

유진동은 김구 선생의 주치의였으며 임시의정원 의원을 역임하였고 광복군 군의처장을 지낸 독립운동가이다. 해방이 되자 김구 선생과 함께 1진으로 환국한 인사 중 한 명이다. 유평파는 형의 영향으로 광복군의 전신인 한국광복진선청년공작대에 입대하여 정보수집 및 광복군 모집 활동을 하였다. 이후 임시정부 여당인 한국독립당원이 되었고 중국중앙육군군관학교를 거쳐 1941년 대한민국 임시정부 특수경찰기구인 경위대를 조직하는데 큰 기여를 한 인물이다. 이후 김구선생의 경호를 맡으며 지근거리에서 김구 선생을 보좌하였다. 해방 후 한국으로 귀국하였다가 다시 중국으로 나왔다. 그의 중국행은 임시정부측의 모종의 임무가 있었던 것으로 보인다. 1947년 상하이에서 생을 마감하게 되었다. 형제 모두 총칭 임시정부 시절을 함께한 독립유공자이다.

한국과의 인연이 가정사의 내적요인이 있었다면 외적요인으로는 백범 김구의 둘째 아들, 김신 장군의 중국 방문이다. 한·중 수교의 막후 역할로서 김신 장군은 중국을 비밀리에 여러차례 방문하였다. 한국으로 귀국한 형부의 부탁으로 김신 장군의 중국 방문 시 통역을 맡으며 백범의 발자취를 찾는 여정에도 함께 하였다. 근 10년간 김신 장군을 안내하며 한국 독립운동사를 접하게 되었다.

작가는 이 여정속에 백범과 쟈싱과의 인연에 대하여 남다른 관심을 가지게 되었다. 자료들을 모으기 시작하고 당시를 기억하는 사람들과의 인터뷰를 남겼다. 한국의 독립운동은 남다른 면이 있었다. 이역만리 타향에서 희망이란 털끝만큼도 보이지 않던 시절에 독립을 염원한 꺾이지 않는 열정은 아무나 따라할 수 없는 순수의 경지였다. 그들은 자신들의 세대에 독립이 어려울 수도 있음을 알고 있었다. 오직 '자손만대에 자유와 복락을 위해' 치르는 피의 투쟁이라 생각하였다. 자신을 버림으로 가족을 생각하고 나아가 공동체를 사랑한 헌신이었다. 이는 하나의 국가, 하나의 민족을 넘어 인류 보편의 가치와 통하는 길이었다.

작가는 이러한 삶의 가치가 중국의 청소년들이 배워야 할 가치라 생각하였다. 샤오황띠(小皇帝)라 불리는 중국의 청소년은 부모와 양가 조부모까지 많게는 6명이나 되는 어른의 보살핌을 받고 성장하고 있다. 이러한 환경은 공동체보다는 자신을 먼저 생각하는 이기심이 앞섰고 어려운 일에 부딪히면 쉽게 포기하는 경향이 있었다. 이들에게 외국의 망명지사들이 중국땅에서 보여준 놀라운 인간애를 전하고 싶었다. 누구나 쉽게 접할 수 있는 매체는 소설이라 생각하고 주변의 소설 작가들에게 작품을 의뢰하였다. 한국을 배경으로 한 역사소설물이란 한계도 있었고 전반적인 배경을 이해하지 못한 상태에서 선뜻 작품의 집필을 맡아 줄 작가를 섭외하기는 쉽지 않았다. 이때 쟈싱지역의 문인협회 대표가 샤넨셩 작가에게 본인이 누구보다 배경과 내용을 더 잘 알고 있으니 직접 소설을 집필하라는 강한 권유를 받게 된다. 자신은 신문기자이고 어린이 동화 작가라서 장편의 소설을 쓴 적이 없다며 극구 사양하였지만 역사의 이끌림에 소설 '선월'을 집필하게 되었다.

중국의 청소년을 위한 이야기로 한국의 독립운동을 소재로 썼다는 사실이 놀랍다. 그만큼 우리의 독립운동은 제국주의로부터의 민족의 독립과 국가의 재건에만 목표를 둔 소아적 운동이 아니었다. 세계시민국가의 일원으로 인류의 문화와 평화에 공헌하고자 한 세계사적 의미를 가지고 있었다. 그래서 독립운동이 중국인들을 감동시킬 수 있었던 것이다.

▌국경을 초월한 한 · 중 커플, 항일전선의 혁명전우가 되다. (유평파와 쏭징쉬엔)

한국광복진선청년공작대 기념촬영, 柳州 柳侯公园

작가는 한 장의 사진을 보여준다. 1939년 4월 4일 임정이 류저우(柳州)를 떠나기 전, 류허공원(柳侯公园) 음악정 앞에서 찍은 '한국광복진선청년공작대'의 사진이다. 류허공원은 당. 송 팔대가 중 한 명인 류종원(柳宗元 773~819)을 기리기 위한 공원이다. 류종원은 당나라를 대표하는 문장가이며 철학자이다. 43세에 류저우자사(柳州刺史)로 부임하여 47세에 류저우에서 생을 마감하였다.

한국광복진선청년공작대는 임시정부 옹호단체이며 민족주의 우파 연합인 한국광복진선의 산하 단체로 1939년 류저우에서 결성되었다. 대한민국임시정부는 류저우에서 약 4개월간 짧은 시간을 머물었지만 류저우에서 몇 가지 의미 있는 활동을 남기었다. 대한민국 임시정부가 상하이를 출발하여 류저우(柳州)에 이를 때까지 대부분의 활동은 지하활동 중심이었다. 그러나 류저우 시기는 지하활동에서 공개 활동으로 전환되었다. 류저우에서 대한민국 임시정부의 활동을 요약하면 첫째는 3.1 독립선언 20주년 기념행사를 거행한 일이다. 둘째는 한국광복진선청년공작대를 설립하여 류저우 인민들과 함께 공개적이고 사회적으로 큰 영향력을 끼친 항전선전활동을 한 점이다. 한국광복진선청년공작대는 후에 청년전지공작대로 확대되고 광복군으로 성장하는 배경이 되었다.

3.1독립선언 20주년 기념선언문에는 광복 후 건국의 기본방향으로 정치, 경제, 교육적으로 평등한 권리를 갖는 삼균주의를 명확히 표명하였다. 이는 충칭 임시정부에서 발표한 건국강령으로 이어지게 된다. 또 선언문 끝머리에는 역사적으로 밀접한 관계에 있는 한국과 중국의 실질적인 연합전선을 강조하였다. 3.1독립선언 20주년 기념행사가 임정 내부 행사라면 청년공작대의 항전활동은 중국의 항일 단체들과 함께 한 외부 행사로 한·중 연합전선에 의미 있는 활동을 남겼다.

류저우 시기 대한민국임시정부의 활동을 정리한 중국측 자료에 의하면 중일전쟁 시기 1938년 우한(武汉), 광저우(广州)가 함락되면서 중국의 항일단체와 문화계 인사들도 전란을 피해 류저우(柳州)와 꾸이린(桂林)으로 옮겨와 소설, 음악, 연극 등 다양한 문화 방면의 형식을 빌어 항일 선전에 치중하였다. 류저우에도 도서관, 영화관, 서점, 극장 등이 세워지면서 항전시기 문화도시로 역할을 담당하게 되었다. 우리 임시정부가 류저우에 머무는 동안 주로 항일문화선전 활동에 치중하게 된 배경이다.

류저우 임시정부 기념관 전시자료

임시정부가 3.1 독립선언 20주년 기념식을 준비할 때 류저우(柳州) 문화국을 찾은 두 명의 청년이 있었다. 그들은 한국광복진선청년공작대 소속으로 통역이 필요 없을 정도로 유창한 중국어를 구사하였다. 한국광복진선청년공작대는 현지의 항일 시위에도 적극적으로 참여하였다. 두 명의 젊은 청년들은 비록 대한민국임시정부가 잠시 류저우에 머물고 있지만 화북(河北)과 동북(东北)으로 이동하여 항전을 지속할 것이며 한 · 중 두 민족이 연합하여 일본제국주의를 몰아내자며 항전 의식을 불태우며 한 · 중 연대를 강조하였다.

또 전선에서 부상당한 부상병을 위로하는 일은 직접적으로 항전에 참여하는 것만큼 중요하다고 피력하였다. 부상병 위문 공연은 한 · 중 두 나라의 연합에 의미 있는 일이기에 공연을 기획중이라 설명하고 공연 장소 섭외와, 함께 공연 할 수 있는 중국 단체 소개 그리고 신문을 통해 공연 내용을 선전하는 일에 도움을 요청하였다. 예의 바른 젊은 청년들의 태도와 항전에 대한 당당한 의지는 듣는 이에게 감동을 주었다.

중국측의 협조아래 취엔(曲園)극장이 섭외되고 함께 공연할 중국의 선전대 가무단이 결정되었다. 이렇게 1939년 3월 4일 취엔 극장에서 한국광복진선청년공작대의 위문공연이 시작되었다. 극장이 설립된 이래 전례 없는 인원이 붐비었다. 그날의 행사는 중화민국 국가와 애국가 제창으로 시작되었으며 전사자를 위한 묵념과 부상병을 위로하는 노래로 이어졌다. 위문공연의 프로그램은 31개였는데 한국광복진선청년공작대가 18개, 나머지 13개가 류저우 항전 단체에 의한 공연이었다. 청년공작대는 독창, 합창, 바이올린 독주, 하모니카 합주, 연극 등 다채로운 프로그램을 준비하였다. 특히 청년공작대 소년부가 부른 우리 동요 "반달"은 관객의 뜨거운 호응을 얻었다. 이 위문공연은 류저우의 부상병들과 중국인들에게 깊은 감명을 주었다.

청년공작대의 프로그램 중 가장 인기가 있었던 것은 "국경의 밤"이란 연극이었다. 주 내용은 찬바람이 불고 눈발이 휘날리는 시베리아의 차디찬 광야를 배경으로 활동한 한 · 중 연합군이 일본 제국주의의 잔인함과 탐욕을 폭로하는 내용으로 죽음을 두려워하지 않는 저항정신을 보여준 연극이었다. 청년공작대는 가시철망을 이용한 무대장치로 현장감을 배가시켰다. 피 묻고 찢긴 군복은 연극을 위한 소품이 아니라 실제로 입고 있는 생활복이어서 관객들에게 사실감을 더해주었다. 짜임새 있는 구성은 언어 장벽을 넘어 극의 내용을 전달하기에 충분하였다. 연극을 관람한 중국의 기자는 신문에 소개글로 “한인들이 이 연극을 공연하려고 많은 노력을 기울였고 그들의 당한 경험을 바탕으로 한 연극이라 진정성 있는 표현이 관객을 사로 잡았다”라고 표현하였다. 청년공작대의 활동을 다룬 현지 신문의 기사만도 20여건에 달한다. 이런 활동을 한 청년공작대가 류저우를 떠나며 사진을 남긴 것이다.

다시 사진속으로 돌아와 보자. 역사속 현장에서 그날의 감동을 새겨본다. 시기적으로 어려운 상황이었지만 청년공작대는 동일한 제복을 입었으며 머리에는 배 모양의 모자를 쓰고 있다. 사진의 오른쪽에는 세 그루의 나무가 보이는데 한 그루의 나무가 옆으로 큰 각도로 휘어져 있다. 음악정 옆에 휘어진 나무를 찾으면 바로 사진을 남긴 장소를 찾게 되는데 세월의 흐름속에 공원은 여러 번 보수되어 사진 속 지형과 다소 차이가 있었다. 가지치기를 한 나무의 모습도 상이함을 보이고 있었지만 세월의 흐름을 이긴 음악정은 당당히 자리를 지키고 있었다. 1932년 건립된 음악정은 정6각형 형태의 모습을 하고 있으며 높이는 8미터에 달하였다. 기둥과 지붕이 각각 동일한 높이를 가져 작지만 단단한 이미지를 보여 준다. 뾰족한 지붕은 날렵한 모습을 하고 있고 솟구친 처마와 부드러운 곡선이 조화를 이루는 중국고전 양식의 건축형태를 보이고 있다. 음악정을 중심에 두고 이리저리 살핀 후에야 사진 찍은 장소를 찾을 수 있었다.

이 사진속에는 아름다운 이야기가 숨겨져 있다. 국경을 넘는 아름다운 사랑이야기이다. 한 · 중이 연합하여 일본제국주의에 항거한 전사의 이야기가 바로 그것이다. 국적이 다른 전사는 동지가 되었고 마음이 하나인 동지는 사랑을 이루었다. 이야기의 주인공은 유평파(1910~1947, 건국훈장 애국장)와 그의 중국인 아내 쏭징쉬엔 (宋靜軒, 1919 ~ 2010, 건국훈장 애족장) 이다.

유평파는 사진의 맨 뒷줄 우측에서 두번째에 위치해 있다. 1936년 상하이 임시정부에서 활동하던 형 유진동의 권유로 독립운동을 전개하였다. 그의 아내 쏭징쉬엔은 사진의 세번째 줄 왼쪽에서 다섯 번째 인물이다. 그녀는 1919년 항저우에서 태어난 중국인이다. 1937년 장시성(江西省) 뤄산지우쟝(蘆山九江) 폐병원에서 간호원으로 근무하였는데 그 병원의 원장이 유진동(1908~미상, 건국훈장 애국장)이었다. 유진동은 그녀에게 동생 유평파를 소개하였으며 둘은 열애끝에 결혼하였다. 그녀는 남편을 따라 한국독립운동에 적극적으로 가담하게 되었다.

남편 유평파와 마찬가지로 류저우에서 한국광복진선청년공작대에 입대하여 청년공작대의 항전 활동에 함께하였다. 1944년에는 충칭에서 김규식의 부인인 김순애 여사와 함께 "한국혁명여성동맹"에서 활동을 하였다. 해방 후 남편 유평파와 함께 귀국하였으나 남편을 따라 다시 중국에 재입국하였다. 남편의 갑작스러운 죽음으로 남겨진 3남 1녀를 키우는 일은 오로지 그녀의 몫이었다. 중국 난징(南京)에서 생활하다 2010년 91세의 일기로 생을 마감하였다. 이 두 사람의 아들이 바로 샤넨셩 작가의 큰 형부이다.

국경을 넘는 개인의 사랑이 항일 공동전선의 전우애로 발전되었으며 고귀한 사랑의 열매는 역사를 기록하여 기억하는 증거가 되었다. 2대에 걸친 가족의 인연은 항일전선에 연대한 한·중 두 나라의 역사를 대변하고 있다. 우리 독립운동사가 한. 중 두나라의 발전적 미래에 아름다운 다리가 되고 있다. 샤넨셩 작가의 가정사는 독립운동 역사의 한 부분으로 역사에 남아 있다. "역사가 나로 하여금 그날을 서술하게 하였다"라는 작가의 말이 사진속에서 생생히 살아 올라왔다. 오늘도 류허 공원의 음악정 나무 아래에는 새들이 즐거이 지저귄다. 마치 그날을 증언이라도 하듯이.

4장

문장보국의 사학자,
백아절현의 한중우호

2021년 새해에 한 통의 문자 메시지를 받았다. 평소 알고 지내는 독립운동가 후손 분인데 HERO역사연구회를 꼭 만나고 싶어하는 분이 있다며 연락처를 주신다. 전화를 걸었다. 전화기 너머 들려오는 목소리에는 세월의 경륜과 또 작은 떨림을 느낄 수 있었다. 본인은 독립운동가 창강 김택영(滄江 金澤榮)의 후손이라며 만남을 희망하셨다. 이렇게 김계생 선생을 만나게 되었다. 약속 장소에 먼저 도착해 선생을 기다리면서 창강 김택영 선생을 다시 검색해 본다. 우리 독립운동사에는 그리 널리 알려진 분은 아니시다. 일찍이 중국 난통(南通)으로 망명한 문장가 정도로만 알고 있었던 인물이다.

백발의 부부가 카페문을 열고 들어오시는데 순간 김계생 선생임을 느낄 수 있었다. 작은 키에 백발이 성성한 선생님과 단아한 풍모를 느낄 수 있는 사모님의 모습에서 왠지 시골의 할아버지 할머니를 보는 푸근한 느낌이 들었다. 간단한 몇 마디 외에는 우리말을 하지 못하셔서 중국어로 대화를 시작하였다. 대화 중 본인이 하신 말씀을 잘 알아듣는지를 몇 번이나 물으신다. 표정과 말씀에는 긴장이 역력했다. 무엇인가를 말씀하실 것이 많은데 시작을 어찌해야 할지 고민하시는 모습을 읽을 수 있었다.

우선 HERO역사연구회를 소개하며 우리 단체가 어떤 일을 하는지를 설명 드렸다. 선생님도 본인을 소개하였는데 산동예술학원의 피아노과 교수를 퇴임하고 지금은 집에서 어린 학생들을 가르치고 있고 사모님은 바이올린을 전공한 음악인이라 소개해 주신다. 대화는 조금씩 자리를 잡아가기 시작하였다.

오늘 이렇게 만남을 청한 이유는 2021년 1월초에 난통(南通)에서 자신의 증조부인 창강 김택영 선생을 기리는 기념관을 건립하였는데 이곳에 많은 한국인들이 찾을 수 있는 방법이 없겠는지를 상의하고자 함이었다고 하신다. 기념관 개관 당시의 사진을 보여주시며 창강 김택영 선생의 중국에서의 망명 시기들을 설명해 주신다. 그 설명에는 2018년 정부로부터 건국훈장에 추서된 증조부에 대한 자랑스러움과 또 중국에서 경계인으로 살 수밖에 없었던 세월의 아픔도 느낄 수 있었다. 무엇보다 안타까웠던 사실은 창강의 친필 작품과 편찬한 책들이 문화대혁명을 겪으면서 대부분 소실되었다는 것이다. 외국인 선조를 둔 자식들에게 혹시라도 피해가 갈 것을 걱정한 선생의 어머님께서 많은 자료를 불태웠다고 한다.

대화가 지속되면서 선생의 유쾌한 모습을 볼 수 있었다. 청력은 조금 떨어지지만 매일매일 운동과 음악으로 건강한 삶을 살고 있고 아직도 김치를 손수 담그어 먹고 있는데 자신의 몸에는 한국인의 피가 흐르고 있다고 하신다. 언제 기회가 되면 손수 담그신 김치를 보내 주시겠다며 자주 보자라는 약속을 하며 자리에서 일어났다. 숙제가 생긴 순간이었다.

김계생 선생과의 만남 이후로 연구회에서는 창강 김택영과 관련된 학술 논문을 발제 하여 그의 사상과 중국에서의 망명생활에 대해 살펴보았다. 특히 2018년 건국훈장 애국장에 추서된 이유가 임시정부를 대신해 중국에 조선의 독립을 청원한 사실에 기인하고 초기 임정의 여러 독립운동가들과 교류가 있음을 알게 되었다. 또 조선후기 3대 문장가 중 한 사람으로 중국에서 여러 문집을 출판하고 시를 남겨 한문학사에서는 다양한 업적을 남겼다. 무엇보다 망명사학자로서 우리 역사를 통사적 관점에서 기술한 창강의 역사물은 조선사에 대한 새로운 시각을 보여 주었다.

무엇보다 중국 장수성 난통에서 김택영 기념관을 건립했다는 것은 그의 업적이 중국에까지 의미 있음이 아니겠는가? 김택영은 중국으로 망명하여 생을 마감할 때까지 난통에서 23년간 거주하였으며 그 이면에는 난통을 대표하는 교육자이자 실업자인 장지엔(張謇)과의 교류가 있어 가능한 일이었다.

창강에 대한 기초적 조사와 연구를 통해 그의 전반적인 삶을 재조명하는 역사특강을 준비하였다. 난통에 있는 창강 김택영 기념관을 탐방하는 사람들을 모집하기 위해 그가 어떤 인물인지를 알리는 일이 우선이었다. 난통은 상하이에서 북동쪽으로 100여킬로 떨어진 도시로 예전에 통저우(通洲)라 불리었던 중국 장수성을 대표하는 도시이다. 자동차로도 2시간이 넘는 거리였고 대중적 인지도가 크지 않은 인물의 기념관을 방문하기에는 공간적, 심리적인 거리가 존재하였다.

새로운 인물을 소개할 때는 정보의 내용도 중요하지만 전달하는 형식도 중요하다. 뭔가 색다른 형식이 그 인물을 부각시키는데 결정적 역할을 하기도 한다.

우리는 창강의 삶을 조선말 대표 문장가이자 3대 망명 사학자이고 붓을 든 독립운동가로 규정하여 중국에서 망명시기를 조명하였다. 다른 한편으로는 창강 김택영의 든든한 후원자가 되어준 실업보국을 꿈꾼 교육자 장지엔(張謇)과의 교류를 통해 한중우호의 상징으로 두 사람을 부각하였다. 그리고 강의 사이에 창강의 증손자 김계생 선생과 사모님의 연주를 넣어 살아있는 이야기를 전달하고자 하였다.

김계생 선생과 사모님의 합주 모습

강의는 창강의 작품과 장지엔과의 만남을 중심으로 소개하였다. 1905년 중국으로 망명을 결심하고 인천에서 배에 올라 고국 산천을 떠나는 마음을 담아 쓴 시에는 망명객의 우수가 느껴졌다. 망명 후 조선이 병탄됨을 듣고 비분강개 하며 쓴 시를 소개할 때 김계생 선생의 연주가 시작되었다. 드보르작의 신세계 2악장의 GOING HOME이란 곡이었다. 비장함으로 시작하여 고향에 대한 그리움으로 이어진 곡은 마치 눈앞에 망명 지사 김택영의 비통함을 대변하는 듯하였다. 실업보국을 꿈꾼 교육자인 쟝지엔과의 우정을 소개한 부분에서는 '모리화'라는 중국 민요를 연주하여 친근감을 더해 주셨다. 창강 김택영이 작성한 안중근 의사 추모시를 소개할 때는 중국의 항일 가요를 박력 있는 선율로 안의사의 기개를 표현해 주셨다. 그리고 마지막으로 중국에서 생을 마감한 김택영의 노년에서는 고향에 돌아 가지 못한 망명객을 위로하는 의미로 우리 동요 '반달'을 선곡해 주셨다. 음악이 흐르는 역사특강은 조선말 4대 문장가이며, 박은식, 신채호와 더불어 3대 망명 사학자인 김택영 선생에 대한 일생과 관심을 불러 일으키는데 나름 역할을 한 좋은 시도가 되었다.

일흔이 넘으신 어르신은 강의와 연주가 끝난 후 소감을 나누는 자리에서 말씀하시길 할아버지에 대한 생애를 소개하는 자리에서 함께 연주하게 되어 벅찬 감동을 느끼셨다며 눈시울을 붉히셨다.

아직도 함께한 그날의 강연이 진한 감동이 되어 잔잔한 여운으로 남아있다.

난통(南通) 가는길

창강 김택영의 강의가 있은 한 달 후, HERO임정학교는 상하이 교민 43분을 모시고 5월의 봄기운을 받으며 난통(南通)의 김택영 기념관을 찾았다. 2시간을 이동한 후 도착한 난통은 쟝수(江苏)상인의 정신을 대표하는 도시이다. 그 중심에는 이 도시를 설계한 쟝지엔(張騫)이란 사람이 있다. 쟝지엔(張騫)은 청나라 마지막 장원 급제 유학자이며 실업보국을 실천한 근대 중국의 경공업 발전에 지대한 영향을 미친 사업가이다.마오쩌뚱(毛澤東)도 중국의 경공업은 난통의 쟝지엔을 말하지 않을 수 없다며 그의 업적을 높이 평가하였다.

난통은 중국에서 수많은 최초 타이틀을 가지고 있다. 특히 교육과 관련된 부분이다. 장지엔은 수많은 학교를 세웠는데 20여년간 370개의 학교의 설립과 운영에 직간접적으로 영향을 미치었다. 그는 중국의 근대화 과정에서 교육과 실업 두 축을 발전의 핵심으로 강조하였다. 무엇보다 교육을 통한 인재육성에 큰 비중을 두었다.

기념관은 김택영이 살았던 차수정(借樹亭)을 개조하여 현대적인 감각으로 깨끗하게 단장되어 있었다. 한국의 근대 사학자이고 애국시인이라 소개한 설명판이 반갑게 방문객들을 맞아 주었다. 전시관 한편에는 갓을 쓴 창강 김택영의 동상이 있었다. 한국 선비의 올곧은 모습이 잘 표현되어 있었다. 문장보국(文章報國)을 꿈꾼 사학자이자 조선말 대표 문장가인 창강이 시로써 중국인들과 교우한 흔적은 한중간의 문화교류의 시금석이 될 것이다.

창강은 후원자인 장지엔이 죽자 이곳 난통에서 스스로 생을 마감하는 선택을 하였다. 아마 망명 생활 23년동안 든든한 후원자였던 벗의 죽음이 삶의 의미를 가지지 못하게 한 것은 아닌가 싶다. 중국의 백아절현의 고사가 생각나는 대목이다.

기념관을 나와 창강의 묘지를 찾았다. 예전에 야산이었겠지만 지금은 아름다운 공원으로 꾸며져 주변의 경관이 아름다운 곳이다. 산 중턱에 있는 묘지로 올라가는 길은 돌계단으로 잘 정리가 되어 있다. 중국 땅에서 만나는 망명 시인의 묘지석에는 한국시인이라 표시가 되어있었는데 말 못할 쓸쓸함이 베어 나온다 함께 방문한 기행단과 준비한 술을 한잔 따르며 오늘 하루만이라도 외롭지 않으시 길 바래 본다.

창강 김택영의 묘소와 참배하는 탐방단

창강 김택영은 누구인가?

김택영(1850~1927)은 개성 출신이고 호는 창강(滄江)이다. 그는 조선말 4대 문장가이며, 3대 망명사학자였고 붓을 든 독립운동가였다. 그의 삶은 인고의 시기, 관직의 시기, 그리고 중국 망명의 시기로 나눌 수 있다.

17살에 이미 초시에 합격하였으나 개성 출신이란 지역적 한계로 번번히 진사에 급제하지 못하다가 42세에 늦게 관직에 나아가게 된다. 개성 출신이란 것은 그가 관직에 나아가는 걸림돌이 되기도 하였지만 일찍이 고려 유민이라는 의식을 심어줘 개성 출신의 고려 문인들의 문집을 출간하기도 하였다. 또 역사연구에 있어 고려사를 중심에 둔다든가 조선건국의 부당성과 망국의 원인을 조선 내부의 잘못으로 보는 시각을 형성하는 계기가 되기도 한다.

이 인고의 시기에 운명적 만남을 가지게 된다. 1883년 임오군란을 진압하기 위해 조선을 방문한 청나라 장군 오장경의 휘하의 장지엔(張謇)과의 만남이 그것이다. 조선의 문인들과 교류하기를 원했던 장지엔에게 조선을 대표하는 시인으로 김택영이 소개되었다. 김택영은 장지엔을 만날 때 본인의 시집 두 권을 선물하였다. 그의 시는 문사(文士)적 무관(武官)인 장지엔의 마음을 홀리게 하였다. 밤이 깊어 갈수록 두 사람은 서로의 문력(文力)을 뽐내며 시로서 교류하게 되었다.

장지엔의 일년이 채 안 되는 조선 체류시기에 김택영과 두 번의 짧은 만남만 가졌지만 그 깊이만큼은 차원이 다른 교류였다. 만남은 23년이 지난 1905년 중국에서 다시 이어졌고 또 다른 23년 동안 국적과 나이를 넘는 수어지교(水魚之交)의 우정을 나누게 된다. 장지엔은 김택영의 중국내 후원자가 되어 주었고 당대 중국 문인들과 교류의 장을 제공하였다. 김택영은 그러한 바탕위에 자신이 가진 능력을 마음껏 발휘하였다. 수많은 시와 서적을 편찬하여 한중문화교류의 시금석이 되었다.

1891년 성균관 진사로 급제한 김택영은 학무부에서 문헌정리와 사서(史書), 교과서 편찬 업무를 맡았다. 특히 그가 망명하던 1905년에 간행된 역사집략은 단군에서부터 고려까지의 기록을 편년체로 작성한 역사서로서 중국중심의 역사의식에서 탈피하여 단군의 역사를 신화가 아닌 국가의 기록으로 보았다. 즉 단군의 역사가 조선의 기원이 됨을 밝힌 역사교사서로 높게 평가되고 있다.

1905년 조선의 운명이 다해감을 느낀 김택영은 중국 망명을 결심하고 가족을 이끌고 상해에 도착하여 장지엔을 찾게 된다. 이후 장지엔은 김택영을 그의 고향 난통(南通)에 있는 한묵림서국의 출판편집을 맡게 하여 김택영의 든든한 후원자가 되었다.

조선을 대표하는 시인이자 문장가인 김택영은 편집책임자로 그 역할을 충실히 해 나갔다. 많은 책을 출판하였으며 특히 황현의 전집과 개성출신 고려 문인들의 문집을 출판하였다. 역사서와 위인

전기의 출판에도 성과를 보였는데 비록 나라는 망했어도 그 나라의 역사는 영원하다고 판단하고 독립을 쟁취할 때를 대비해 민족사의 연구와 정리의 필요성을 느껴 한국역대소사, 신고려사, 한사경 등 많은 역사서를 편찬하였다. 또 1909년 10월 26일 중국 하얼빈에서 안중근 의사가 이토 히로부미를 저격한 의거가 발생하자 중국어로 안중근 전기를 작성하여 중국인들에게 안중근 의사의 의거와 독립의지를 알리는 일에 앞장섰다. 〈안중근전〉은 해외에서 발행된 최초의 안중근 전기이다.

조선이 일본에 병탄되기전인 1905년 비교적 이른 시기에 중국에 망명한 조선의 관리라는 신분은 중국을 찾은 많은 독립운동가들에게 독립의 방략을 상의하는 창구가 되었다. 비록 독립의 일선에서 적극적으로 활동한 것은 아니지만 그가 든 것은 총이 아니라 붓이었다. 우리 역사를 정리하고 독립의 의지를 중국인들에게 알리는 문장보국의 신념으로 그 만이 할 수 있는 독립운동을 전개하였다.

임정 초기 도산 안창호, 예관 신규식, 성재 이시영 등과의 교류의 흔적이 시와 일기를 통해 곳곳에 남아 있으며 1920년에는 임시정부를 대신하여 조선독립 청원을 중국에 제기한 것이 문서로 남아 있다. 이 독립청원은 중국에게 도움을 원하는 정도의 글이 아니라 조선 병탄의 잘못 중에는 청나라의 오판도 한 역할을 하였기에 엄중히 그 책임을 따지며 우리 독립운동의 적극적인 후원을 요구하는 당당한 기백이 있는 문장이다.

23년간의 중국에서의 망명생활 동안 당대 중국을 대표하는 문사 들과의 교류도 활발하였다 그는 한묵림서국에서 한국과 중국의 문집과 역사서 47종을 출간 발행하였으며 중국 망명 시기 약400

수의 시를 남기었는데 이는 당대 한·중의 지성교류에 큰 족적을 남긴 일이었다.

길과 길은 만난다. 길이 서로 만나면 그 길은 넓어지고 그 길을 통해 사람이 만나고 문화가 교류한다. 길의 만남은 결코 우연이 아니다. 같은 방향을 바라보고 나아가는 과정에서 발생한 필연의 결과이다. 인재육성을 통한 실업보국(實業報國)을 꿈꾼 장지엔(張謇), 역사서술을 통한 문장보국(文章報國)을 꿈꾼 김택영, 이 두사람의 아름다운 만남은 한·중 문화교류 관점에서 새롭게 조명되고 널리 알려지기를 바란다.

5장

'대지의 작가', 대한민국 독립을 지지하다

펄벅 기념관

쩐장(镇江)은 역사적으로 한국과 연결된 많은 문헌자료가 남아 있는 곳이지만 당일 일정의 임정학교로 방문하기에는 거리적 제약으로 덜 찾게 된다. 최근에는 고속철이 연결되어 한결 방문이 수월해졌다. 학생들과 2박3일의 일정의 임정학교가 잡히면 꼭 쩐장의 임시정부 유적지를 찾곤 한다.

임정학교 62기는 상해거주 청소년을 대상으로 여름방학을 이용하여 쩐장을 찾았다. 김구 선생이 강연한 장소로 알려진 무위엔 소학교는 임시정부 진열관으로 개조되어 임정의 쩐장 활동을 자세히 설명하고 있다. 학교내 아담한 운동장은 학생들과 단체 활동을 하기에 안성맞춤이다. 독립군 육성 체력 게임을 하기도 하고 조별 역사 퀴즈를 풀며 협동심을 키우는 프로그램을 진행하였다. 또 쩐장의 숨겨진 진주(?)를 찾는 미션도 수행하였다. 숨겨진 진주는 1938년 소설 '대지'로 노벨문학상을 수상한 미국의 여류 작가 펄벅(Perl Buck)의 기념관이다. 그녀는 플리처 상(The Pulitzer Prizes)

도 수상하였는데 노벨문학상과 플리처 상을 받은 유일한 미국 작가이다.

펄벅 기념관 앞의 가족동상

펄벅은 (1892~1973) 미국 태생으로 태어나자 마자 선교사인 부모를 따라 이곳 쩐장으로 와서 약18년 동안 생활하였으며 미국으로 건너가 대학을 마치고 다시 중국으로 돌아왔다. 그녀는 40여년의 시간을 중국에서 보냈다. 쩐장은 실로 그녀에게 고향과도 같은 곳이며 이곳에서 본 중국인들의 생활이 그의 소설 〈대지〉에 고스란히 형상화 되어있다.

그녀는 작가이자 자선가이며 가정과 사회의 구성원으로서 여성의 역할을 강조한 여성운동가이자 아시아 혼혈고아의 안식처를 마련한 사회 운동가였다. 또한 한국의 독립운동을 지지한 열렬한 독립후원자였다. 펄벅은 어떻게 한국의 독립운동을 지지하게 되었을까?

1941년 12월 일본이 진주만을 공격하며 태평양전쟁이 발발하자 미국 정부는 일본은 물론이거니와 중국과 조선을 이해할 수 있는 정보가 필요했다. 1942년 CIA의 전신인 OSS(전략첩보국)는 상대나라에 대한 언어 능력이 뛰어난 사람을 자문위원으로 위촉하여 정보를 모으기 시작하였다. 펄벅은 중국에서의 40여년 생활 경험을 바탕으로 미국정부에 고위 정보를 제공할 수 있는 위치에 있었다. 중일전쟁을 목격한 그녀는 일본과 중국의 관계를 정확하게 분석할 수 있는 몇 안 되는 미국인이었다. 펄벅은 이 자문위원회에서 운명적인 만남을 가진다. 한국의 독립운동가이며 1942년 재미한족연합위원회 집행위원으로 미주의 한인군대 맹호군 창설에 큰 역할을 한 유일한 박사(1895~1971)와의 만남이다. 맹호군은 미국 육군사령부의 허가를 받아 150여명의 한인들로 구성된 독립전쟁을 준비한 단체이다.

유일한 박사는 1895년 평양에서 태어나 9살에 미국으로 유학하여 자수성가한 기업가이다. 1909년 독립운동가 박용만이 설립한 헤이스팅스 소년병 학교에 입학하여 민족의식을 키웠으며 1919년 3.1운동이 일어나자 필라델피아에서 서재필, 이승만이 주도한 한인자유대회에 참석하였으며 우리 임시정부를 지지하는 다양한 활동을 한 미국내 독립운동의 중추적 인물이다, 펄벅 여사는 유일한 박사를 통하여 식민지 한국의 상황을 이해하기 시작하였다. 억압받는 민족에 대한 연민의 정을 느끼게 된 것이다. 약자에 대한 연대의식은 두 사람을 하나로 묶어 주는 가교역할을 하였다.

펄벅은 한국과의 인연속에 한국을 배경으로 한 소설을 여러권 출판하였다. 1883년 조미수호조약이 있은 후 1945년 해방까지 약 60년의 세월속에 수난과 고통의 시기를 보낸 양반 가족 4대의 이야기를 소설로 발표하였다. 한국어로는 〈살아있는 갈대〉 또는 〈갈대는 바람에 시달려도〉로 번역되어 있다. 펄벅은 한국인들의 독립운동을 갈대에 비유하며 "갈대는 꺾여도 꺾여도 되살아 난다"라고 작품에 묘사하고 있다. 작품 속 주인공은 김일한인데 이는 유일한 박사를 모델로 한 것이다. "갈대는 꺾여도 꺾여도 되살아 난다"란 말은 실제로 유일한 박사의 부친께서 소년 유일한에게 우리 민족의 강인한 정신을 강조하며 하신 말씀이다. 유일한 박사와 그의 가족사를 통해 한국인들의 순박한 민족성과 독립에 대한 강한 의지를 작품으로 형상화한 것이다. 이 소설은 남한 사회를 한반도의 중심지로 그리면서 북한에 대한 정확한 설명이 누락된 한계를 보여주고 있지만 세계적 작가의 글로서 서양인들에게 한국을 알리는 역할을 한 것에 나름 의미가 있다.

펄벅은 한국의 독립운동을 지지하는 여러 발언을 하였다. 우선 한미협회에서 한 발언이 남겨져 있다. 한미협회는 독립운동가 이승만 박사가 미국에서 조직한 단체로 미국의 친한(親韓) 인사를 통해 미국정부에 우리 임시정부의 승인을 요청하기 위해 활동한 민간 로비단체이다. 한미협회가 미국무장관에게 한국임시정부의 승인과 독립의 당위성을 강조하는 문건에 펄벅의 말이 인용되어 있다. 그녀는 제국주의시대가 끝나가는 역사적 상황속에 미국이 아시아 각국의 자유와 독립을 보장하는 것이 태평양전쟁에서 승리하는 것보다 우선시되어야 함을 지적하였으며 이러한 그녀의 주장은 미국내에 대한민국임시정부의 승인을 촉구하는 근거로 여러 차례 인용되었다.

또 조선이 일본에 병탄 될 당시 루즈벨트 대통령이 일본에 동의한 거, 1919년 윌슨의 민족자결주의에 큰 희망을 건 한국의 독립운동 세력에 특별한 도움을 주지 못한 점, 1945년 일제 패망 후 한국을 남북으로 갈라서게 되고 6.25동란이 일어나게 한 점등은 미국인이 한국에 가져야 하는 정치적 부채라고 피력했으며 "앞으로의 미국의 정치는 한국에 이 같은 부채를 갚는 방향으로 나아가야 한다"라고 말하기도 하였다.

케네디 대통령과의 일화도 유명하다. 1962년 케네디 대통령은 노벨문학상을 받은 미국 작가들을 백악관에 초청하는 행사를 마련하였다. 최근 근황을 묻는 케네디의 질문에 한국에 대한 소설을 쓰고 있다고 답하자 케네디는 "한국은 골치 아픈 나라입니다. 내 생각에는 미군을 한국에서 철수시켜야 할 것 같습니다. 미군의 주둔 비용이 너무 많이 들어갑니다. 그냥 옛날처럼 일본이 한국을 통치하게 해야 할 것 같습니다" 이 말을 들은 펄벅은 케네디 대통령이 아시아의 정치와 역사에 대해 무지하여 한국과 일본의 뿌리깊은 반목을 이해하지 못하다고 말하면서 이는 마치 "미국이 영국의 지배를 받던 때로 돌아가라"는 뜻과 같다며 케네디에게 진심 어린 충고를 한 일화가 전해진다.

1960년 한국을 처음 방문한 펄벅은 유일한과 한국에서 조우하게 된다. 그 당시 펄벅은 그녀가 설립한 '웰컴 하우스'와 '펄벅 재단'을 통하여 아시아계 혼혈 고아에 대해 관심을 가지기 시작하였다. 미국인과 아시아인의 혼혈을 뜻하는 아메라시안(Amerasian)이란 신조어도 그녀가 만들었으며 이들 고아의 미국 입양에 대해서도 적극적인 활동을 전개해 나갔다. 한국전쟁 이후 한국이 아메라시안의 새로운 지역으로 부각됨을 인지한 펄벅은 한국에서 소외된 혼혈아동의 보호센터를 설립하고자 유일한에게 도움을 요청한다. 사회적 약자에 대한 연대의식은 이미 두 사람의 보이지 않는 우정이었다. 유일한 박사는 유한양행의 부천 소사 공장을 펄벅 재단에 양도하게 된다. 펄벅은 이곳에 소사희망원을 개설하여 한국내 혼혈아동을 보살피고 미국내 입양도 주선하였다. 그녀 역시 8명의 혼혈아동을 직접 입양하여 보살폈다. 어린시절 이방인으로 산 펄벅의 삶이 또 다른 이방인인 한국의 혼혈 아동들에게 사랑으로 희망을 전해준 것이다. 그녀는 또한 미국 남성과 한국 여성간의 혼혈아를 주인공으로 하는 소설도 1964년과 1966년 각각 발표하였다

미국 전 대통령 닉슨은 펄벅의 장례식 추도사에서 "동서양 문명을 연결하는 인적 다리이고 위대한 예술가이고 용감하고 동정심이 있는 여성"으로 묘사하고 있다.

쩐장의 펄벅연구회는 한국의 펄벅연구회와 부천의 펄벅기념관과 학술적인 관계와 우호교류를 지속적으로 하고 있다. 쩐장을 방문하는 이들에게 펄벅 기념관도 함께 다녀가기를 추천한다.

대한민국 임시정부는 왜 쩐장으로 이동하였는가?

대한민국임시정부가 쩐장에서 활동한 시기는 1935년 11월부터 약 2년간으로 임시정부 항쟁의 역사 중 가장 고단한 시기였다. 윤봉길 의사의 홍커우 의거이후 우리 임시정부는 항저우, 쟈싱을 거쳐 이곳 쩐장에서 활동하게 되는데 임시정부가 쩐장을 선택하게 된 이유는 몇 가지 있다.

첫째는 쩐장은 중국의 교통의 요지이기 때문이다. 챵장(长江)과 징항대운하(京杭大運河)가 교차하는 십자수로의 중심지에 있어 남과

북이 연결되는 중심점이라 할 수 있고 내륙으로 들어가는 관문이라는 장점을 가진 도시이기 때문이다. 임시정부 이동 당시 베이징과 동북의 독립운동 단체와 연결이 용이하고 중국 내륙으로 이동하기 편리한 이점이 있었다.

둘째는 쩐장의 인문, 정치환경이라 할 수 있다. 일찍이 반제국주의와 항일의식이 싹튼 곳이며 당시 국민당의 국민정부 수도인 난징(南京)과 인접해 있고 쟝수성(江苏省)의 성도로서 정치적, 지리적으로 매우 중요한 위치였다. 원래 쟝수성의 성도는 난징이었으나 난징이 1927년 4월 국민당의 수도로 정해지면서 쟝수성의 성도는 쩐장으로 옮겨왔다. 중일전쟁 발발 전 국민당의 국민정부는 일본과의 전면적 투쟁에 소극적이었다. 이에 우리 임시정부는 혹여 난징으로 옮기게 되면 국민당 정부와 일본간의 외교마찰로 국민당의 적극적 후원을 얻어내기에 어려움이 생길 것을 고려하여 지리적으로 가까운 쩐장으로 임시정부를 옮기게 되었다.

셋째로는 임시정부를 도와준 중국의 유력인사 쳔꿔푸(陳果夫)와의 인연 때문이다. 당시 중국의 국민정부 쟝수성(江苏省) 주석을 맡고 있던 쳔꿔푸는 대한민국 건국훈장 최고위장인 대한민국장에 추서된 5명의 중국인 가운데 한 사람으로 임시정부 수립 전 상하이에서 신규식, 박은식 선생이 조직한 한·중 우호연대의 결사체인 신아동제사의 중국측 발기인이다. 일찍이 한국의 독립에 크게 관심을 가진 인물로서 홍커우 의거 이후 김구 선생과 우리 임정요원의 안전을 위하여 각종 편의를 제공하였다. 특히 수하를 시켜 김구 선생과 임정요원의 피신처를 제공하고 활동을 지원하였다. 그는 국민당 최고 권력자 쟝제쓰(蔣介石)와 임정의 가교역활을 담당한 임시정부의 우호 인사이다. 이러한 조건이 인연이 되어 임시정부는 국민당 정부와의 원활한 소통과 지원 아래 쩐장에서 독립운동의 불꽃을 지속적으로 불태울 수 있었다.

쩐장과 우리 임시정부 요원들과의 관계는 여러 사료를 통하여 확인할 수 있다. 초대 임시의정원 의장을 역임한 석오 이동녕 선생이 건강상 이유로 이곳 쩐장에 약 1년간 머무르셨고 임시정부 통합과 활동에 지대한 영향을 미친 도산 안창호 선생이 한인 집단 거주지를 조성하여 독립운동을 위한 이상촌 건설 후보지로 난징과 쩐장 지역을 답사하여 토지구매에 관한 조사를 한 흔적도 있다. 한성임시정부 수립에 주도적 역할을 한 인물로 임시정부가 대통령제에서 국무령제로 바뀌면서 임정의 국무령으로 추대된 홍진 선생이 이곳 쩐장에 거주하셨다. 김구 선생의 오른팔이신 엄항섭 선생의 부인되신 연미당 여사도 쩐장여자중학에 다닌 흔적이 학적부로 남아 있다.

쩐장에서의 우리 임시정부가 활동한 유적지 중 대표적 유적지는 무위엔(穆源)소학교이다. 이 학교의 설립자이자 이사인 양공야(楊公崖) 선생은 국민당의 원로 당원으로 국민당 쩐장지부 설립자이며 임시정부 쩐장시기 많은 도움을 준 인물이다.

쩐장 임시정부사료전시관 내에 있는 박병강 관련 전시물

1926년 한국의 독립운동가 2명이 이곳 쩐장을 방문하여 무위엔(穆源)소학교에서 항일구국연설회를 개최하게 된다. 두 사람의 이름은 박병강과 안동만이다. 박병강은 (1879~1945) 1909년 안중근 의사의 하얼빈 의거의 공모자로 일제에 수배된 독립운동가이다. 의병장 유인석을 스승으로 모시고 수학하였는데 한시와 초서에 능통하였다. 일제의 감시를 피해 중국으로 망명하여 각지를 돌아다니며 중국인들과 연합하여 한중간에 항일공동투쟁에 혼신의 힘을 다하였다. 특히 중국의 혁명가들과 교류하며 다수의 시를 남기었다. 안동만은 안재환, 안봉천 이란 이름으로도 활동한 조선민족혁명당 간부인 독립운동가이다. 항일구국연설회에 연사로 참여한 박병강은 "망국을 구하고 한중 양국이 도모하여 공동으로 적들을 대하자"라는 내용의 "망국원"이란 연설을 하였고 이어 안동만도 조선 망국후의 상황에 대해 강연하였다.

쩐장의 항일구원회 회원들과 시민들은 뜨거운 박수와 환호로서 이 두사람을 동지로서 맞아 주었다. 동지라는 말은 항일구국 투쟁의 깊은 연대감의 표현이라 할 수 있다. 이에 감격한 박병강은 중국의 국부로 추앙받는 쑨원의 유언과도 같은 “혁명은 아직 성공하지 않았으니, 동지들은 여전히 노력하여야 합니다.(革命尙未成功, 同志仍須努力)”을 주련으로 남기었다. 이 글은 붓을 찾지 못하자 솜에다 먹을 묻혀 쓴 글씨라 하는데 그의 초서(草書) 필체는 바다를 나아가는 돛단배 같고 또 하늘을 휘감는 구름의 모습을 닮았다는 평을 들었다. 박병강은 쑨원의 유지를 빌어 한국과 중국이 함께 항일활동(혁명)에 노력하자라는 연대를 강조한 것이다.

이 주련에는 특별한 이야기가 숨어 있다. 주련 왼쪽에는 한인 박병강이라 글쓴이를 남겼는데 박병강 이름의 마지막자 강(疆)을 쓸 때 글자의 왼편 아랫쪽의 흙토 (土)를 생략하였다. 이는 나라 잃은 망국민의 한을 표현하기 위해서 고의적으로 누락시킨 것이다. 강산을 잃은 망국민의 한이 서려 있는 글씨이다.

쩐장에서 임시정부의 활동은 와해 직전의 임시정부를 재정비하는 시간이었다. 임정의 여러 요인들이 독립운동의 좌우 합작을 도모한 조선민족혁명당 참여로 공석이 발생한 임시정부의 각료를 재선임하고, 한국독립당을 대신하여 한국국민당을 창당하여 임시정부의 여당으로서 기능을 수행하게 하였다. 흩어져 있는 독립운동가를 규합하여 조직의 구심점으로 제자리를 찾으려는 노력을 지속하였다. 또 장제스의 국민당 정부와 교섭하여 중국군관학교내 한인특별반을 만드는 등 중국측과 적극적인 협조관계를 만들어 간 시기였다.

1937년 7월 노구교 사건으로 중일전쟁이 일어났다. 상하이가 점령되고 난징이 함락되기 직전 국민당의 국민정부는 수도를 난징에서 충칭(重庆)으로 옮기게 된다. 우리 임시정부도 안전과 중국 국민당 정부와의 효율적인 협조를 위해 쩐장과 난징을 떠나 창사로 임시정부를 옮기게 된다.

1937년 11월 추운 겨울날이었다. 임정은 그렇게 쩐장을 떠났다.

6장

마르지 않는 눈물,
30만의 대학살 현장

리지샹 위안소 전경

▌할머니의 눈물은 마를 날이 없고…

6개 왕조의 수도였던 난징은 시대의 영화를 누렸지만 근대사는 아픔으로 점철되어 있다. 중일 전쟁 당시 일본 군국주의의 침략에 도시가 함락당하고 약30만명의 군인을 포함한 민간인이 학살된 아픔이 서려있는 도시이다. 그 아픔에 여성의 인권이 유린된 위안소가 있다.

이름은 리지샹(利济巷)위안소이다. 사료에 의하면 이 위안소는 아시아 최대 규모이고 보존상태가 완벽한 위안소이다. 또 생존한 위안부가 그 위치를 확정한 몇 안 되는 위안소이다. 중화민국 시대인 1935년 착공하여 1937년 완공된 8동의 2층 건물이다. 원래 건물은 푸징신춘(普慶新村)이란 주거 단지였는데 일본이 난징을 점령한 후 동윈(東云)위안소와 꾸샹루(故鄉樓)위안소를 이곳에 운영하였다. 동윈위안소는 한국과 중국의 위안부가 일본 사병을, 꾸샹루 위안소는 일본 위안부가 일본장교를 상대해야 했다.

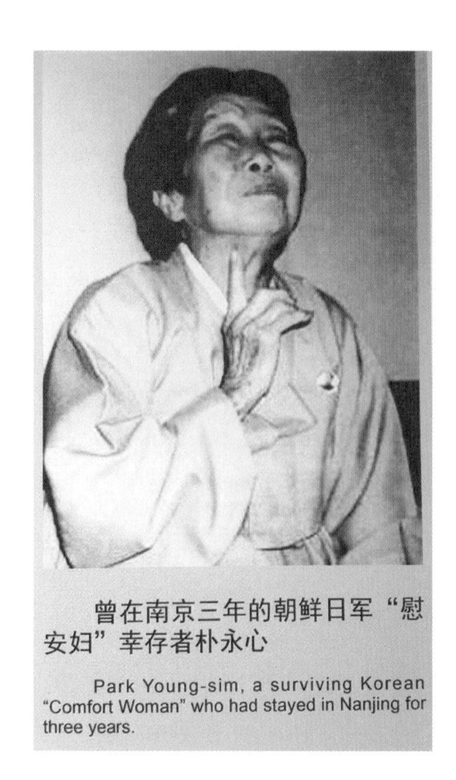

리지샹 위안소 확정에 결정적 증언을 한 박영심 할머니

리지샹 위안소의 장소를 확정한 데에는 북한 출신 조선인 위안부 박영심 할머니의 증언에 기인한다. 할머니는 2003년 11월 21일 이곳을 방문하여 리지샹(利济巷) 2호가 예전에 동원(東云)위안소였음을 증언하였다. 방문 당시 할머니는 건물 아래층에 있던 매표소와 2층의 화장실과 보건실 위치까지 정확히 기억하고 계셨다. 또 2호 건물의 위층 19호실에서 할머니는 1939년부터 3년간 구금되어 청춘을 유린당했고 인권을 말살당했다며 한 맺힌 인생을 돌아보며 눈물 지으셨다. 지금 19호실은 할머니의 아픔을 재현하는 공간으로 구성되어 있다. 평생을 과거의 기억속에 억눌려 살았을 할머니의 마음을 생각하니 마음이 아파온다.

눈물의 벽 앞에 설치된 위안부 조형물

입구에 들어서면 세 명의 위안부를 모티브로 조각상이 세워져 있다. 가운데 여성은 뱃속의 태아를 한 손으로 보호하고 다른 한 손은 옆의 위안부의 어깨 위로 힘들게 기대고 있는데 이들의 모습은 무력하고 절망적인 모습을 보이고 있다. 작가는 이 작품을 상상으로 만든 것이 아니라 바로 박영심 할머니의 사진을 형상화한 작품이다.

조각상 뒤에는 눈물의 벽이 있다. 13개의 눈물 방울이 들쑥 날쑥하게 오래된 벽에 뿌려져 있어 엄숙하고 슬픈 느낌을 준다. 다른 한 벽면에는 한국과 중국의 위안부 할머니 수십명의 얼굴이 흑백사진으로 벽 전체를 채우고 있다. 사진들의 눈에선 굴욕을 당한 분노와 시간을 감내한 고통을 느낄 수 있다.

총 건축면적이 3,000평방미터를 넘고 있으며 눈물을 주제로 A관,B관,C관으로 분리되어 있다. 각각 '눈물의 벽', '눈물의 땅', '눈물의 길'로 전쟁 시 감내해야 했을 여성의 아픔을 다루고 있다. 또 주 전시관의 마지막 전시물은 '마르지 않는 눈물'이란 위안부 할머니의 얼굴 부조상이 있다. 이 부조상의 눈에는 눈물이 뺨을 타고 아래로 흘러내리고 있다. 부조상 아래에는 하얀 수건이 놓여 있으며 "당신이 이 눈물을 닦아 주세요 (请您为她擦去眼泪吧！)"라고 적혀 있어 참관인들이 할머니의 눈물을 닦으며 그 슬픔을 함께 하고 있다.

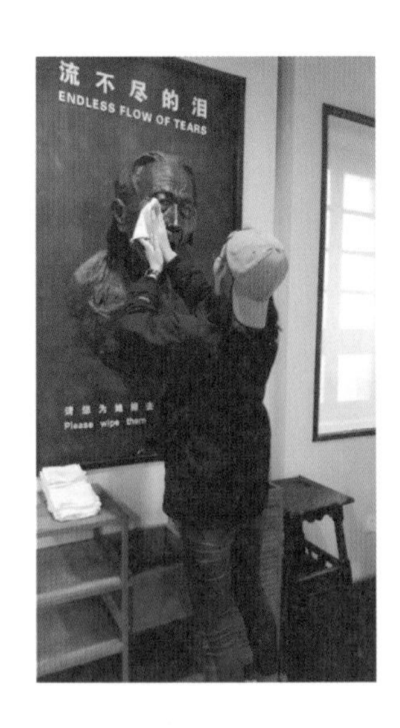

마르지 않는 눈물

하얀 손수건을 들어 눈물을 닦는 순간 가슴 저 밑에서 울컥함이 올라온다. 누군가의 예쁜 딸이었고, 누군가의 동생이었고 또 고향에서 기다리는 어린 동생의 누이였을 할머니의 청춘은 어떻게 보상받아야 하나? 시간이 지남에 따라 당시 생존자 할머니들은 한분, 한분 세상을 떠나시고 우리의 기억은 어느새 새하얗게 진실 너머로 멀어져 가고 있는 건 아닌가? 오늘도 이 아픔의 역사를 자발적 매춘의 역사라 매도하고 있는 어용학자들이 난무하는 세상에 우리는 살고 있다.

역사의 정의가 사라지지 않도록 기억하고 알리는 노력이 필요함을 느끼며 무거운 마음으로 위안소를 나선다.

용서할 수 있어도 잊을 수 없는 전쟁의 광기 – 난징대학살 기념관

난징대학살기념관에서 전쟁에 아픔에 참배하는 학생들

전쟁의 역사는 광기의 역사이다. 전쟁으로 인간의 광기가 어디까지 갈 수 있는지를 여실히 보여주는 기념관이 난징에 있다. 난징대학살 기념관은 국가급 항전기념시설로 2차 대전 당시 있었던 학살의 역사를 담은 세계 3대 박물관중 하나이다.

기념관 설립에는 숨은 일화가 있다. 1982년 일본 문무성의 심의 아래 발행한 일본 역사교과서에 "침략 중국(侵略 中國)"이란 표현이 "진입 중국 (進入 中國)"이란 표현으로 바뀌자 이는 많은 중국인들의 공분을 사게 된다. 이에 1983년 남경시인민정부와 중국공산당 쟝수성(江苏省)위원회는 중국 중앙의 비준을 받아 기념관 건립을 의결하고 남경대학살 편사를 저술하였다. 이에 1985년 난징을 시찰한 떵샤오핑(邓小平)은 기념관 이름을 침화일군남경대학살조난동포기념관 (侵华日军南京大屠杀遇难同胞纪念馆)이라 지었고 같은 해 항일 승리 40주년을 기념하며 1985년 8월 15에 개관하였다.

기념관 입구에는 축 늘어진 어린 아이를 안고 있는 어머니의 대형 조각상이 있다. 아이는 이미 목숨을 잃은 상태이고 어머니의 풀린 눈동자는 하늘을 향하며 망연자실하고 있다. 자식 잃은 어머니의 모습은 보는 이로 하여금 슬픔을 배가시키게 한다.

출입문을 통과하여 안쪽으로 들어오면 조난자 30만명이라 새겨진 비가 눈에 들어온다. 1937년 12월 13일부터 1938년 1월까지 일본군에 의해 자행된 난징대학살로 도시의 1/3의 건물이 폐허가 되었으며 엄청난 수의 민간인이 강간과 학살을 당했다. 일본 군국주의가 당시 저지른 반인륜적 사건 중에 난징대학살은 그 규모가 가히 천문학적이다.

전시관은 지하 1층에서부터 시작된다. 아래층으로 내려가는 전시관 입구는 온통 검은색으로 되어 있어 암울한 과거를 잘 조명하고 있다. 전시관은 일본의 중국 침략 과정을 시기별로 나눠 전시하고 있다. 학살을 증언하는 전시물은 직면하기에 불편함을 너머 분노가 올라온다. 한 전시물에 일본군 두 장교가 일본도를 차고 의기양양한 표정을 짓고 있다. 표정 뒤로는 105:106이란 숫자가 적혀 있는 신문 기사이다. 기사 내용은 가히 경악스럽다. 두 장교가 일본도로 사람의 목을 자르는 시합을 했는데 105명대 106명이라 우열을 가리기 어려워 재시합을 하기로 했다는 내용이다. 사람의 목숨을 가지고 시합을 하다니. 아무리 전쟁중이라 하더라도 도저히 있을 수 없는 일을 행한 것이다. 전쟁은 광기서린 악마의 모습을 하고 있었다.

東京日日新聞 (月曜日) 昭和十二年十二月十三日

百人斬り"超記錄"

向井106－105野田

兩少尉さらに延長戰

【紫金山麓にて十二日淺海、鈴木兩特派員發】

さに 百六對百五といふレコードを作つて十日正午兩少尉はさすがに

刃こぼれした日本刀を片手に對面した

"百人斬り競爭"の兩將校 (右)野田巖少尉 (左)向井敏明少尉

일본도로 사람 목베기 시합을 한 일본군 장교

전시관 한편에 동굴 같은 입구로 안이 좁다랗게 줄어드는 삼각형 모양의 속이 텅 빈 구조물이 있다. 검은 공간의 적막을 깨고 12초에 한 번씩 물이 떨어지는 소리가 나며 LED등에 작은 사진 하나씩 켜 졌다가 사라지고 다시 12초가 지나면 또 한 번의 물방울 소리와 다른 쪽 벽면의 LED등이 켜지며 한 사람의 모습이 나타난다. 약 6주에 걸쳐 희생된 약 30만명은 12초에 한 명씩 목숨을 빼앗겼다. 짧은 12초 간격에 떨어지는 물방울 소리는 전쟁속에 사라진 한 사람의 울음소리였다.

난징대학살 기념관의 마지막 전시물 - 평화상

기념관을 나오면 멀리 마지막 전시 조형물이 눈에 띈다. 눈부신 백옥으로 만든 모자상이다. 아이와 어머니는 환하게 미소 짓고 있으며 오른손 위에는 비둘기가 날고 있다. 전시물에는 평화라는 글귀가 새겨져 있다. 전시관은 말한다 "역사는 역사이다, 사실은 사실이다. 시대의 변화에 따라 역사가 따로 기억되서는 안 되고 사실 또

한 편의에 따라 왜곡되거나 소실되어서도 안 된다. 역사를 잊는 것은 배반의 의미이고 책임을 인정하지 않는 것은 동일한 범죄의 재발을 의미한다". 난징대학살의 역사는 보는 이로 하여금 역사를 직면하고 과거를 잊지 말며 평화를 사랑하고 미래를 창조하자고 당부하고 있다.

7장

중국 화훼의 아버지가 된 독립운동가

한중우호의 상징 류자명

중국 창사(长沙)에는 중국 농업의 무수한 인재를 배출한 후난농업대학이 있다. 이 대학은 1924년 설립되었지만 송나라 말에 건립된 악록서원에서 그 기원을 찾을 수 있다. 대학 정문을 지나 농과대학으로 향하였다. 농대 앞 푸른 잔디밭에는 우리 독립운동가이자 저명한 중국의 농학자이며 중국 화훼의 아버지라 불리는 류자명 선생의 흉상이 학교를 방문하는 이들을 맞이하고 있고 말년에 선생이 거주한 집은 기념관으로 정리되어 선생의 업적을 널리 알리고 있다. 어떠한 이유로 중국인들은 류자명 선생을 기리고 있을까? 바로 중국 근대화의 발전속에 중국 농업의 발전과 화훼. 과수의 품종 개량에 남다른 성과를 내신 선생의 업적 때문이다.

류자명 선생의 흉상에는 '한국국적의 국제우인' '한국충청북도 충주시민' '후난농업대학교수' '저명한 원예학자이고 한국의 독립운동가'라고 소상히 선생의 약력을 밝히고 있다. 중국내에서 한국 독립운동가의 흉상을 만날 수 있는 곳은 극히 제한적이다. 김구 선생과 윤봉길 의사 정도인데 두 분의 흉상은 모두 기념관 내부에 전시되어 있다. 외부 공간에서 독립운동가 흉상을 만나는 것은 극히이

례적이다. 준비한 꽃을 헌화하고 흉상에 묵념을 하는 순간 묘한 느낌이 들고 그 느낌은 가슴 벅찬 감동으로 이어졌다.

학교 교정은 곳곳에서 류자명 선생의 숨결을 느낄 수 있는데 교정의 아름드리 나무들은 학교가 확대 이전될 때 원예를 담당하고 있는 선생께서 중국 제자들과 직접 심은 것이 지금은 학교를 아름답게하는 큰 나무로 성장하였고 온갖 꽃과 화초로 꾸며진 교정은 흡사 식물원과 같은 느낌을 주고 있다. 잔디밭을 돌아 나와 학교 뒤편의 교수 사택으로 향한다. 호숫가에 심어진 아름다운 화초들은 마음껏 향기를 뽐내고 있고 나무와 이름 모를 화초 앞에서 설명을 듣고 있는 학생들의 모습은 진지하다.

즐비한 나무사이에 고즈넉하게 아담한 2층집이 시야에 들어온다. 집 앞에는 '류자명고거진렬실'(柳子明故居陳列室))을 새긴 큰 돌비석이 이곳이 기념관임을 알려주고 있다. 그 옆에는 임시정부수립 100주년 기념해인 2019년에 한중우호 카라반 기념으로 한국의 소나무가 심어져 있다.

설레는 마음으로 기념관 문을 열자 이미 기념관 안에는 류자명 선생의 아들 류전휘(柳展輝) 교수께서 반갑게 일행을 맞아 주셨다. 일기가 고르지 않은 토요일 오전이었지만 80을 바라보는 노교수님께서 아버지의 땅에서 온 우리를 맞아 주셨다. 류전휘 교수님은 아버지 류자명 선생과 더불어 창사에 거주하면서 후난대학 건축학과를 졸업하고 엔지니어로 일 하셨다. 1981년부터 후난대학 건축학과 교수로 재직하시다가 2002년 정년퇴직 하셨다. 여든 살의 노교수가 기억하는 아버지 류자명은 어떤 분일까? 교수님은 전시관 곳곳의 자료들을 하나하나 꼼꼼하게 알려 주시었다.

기념관 입구에는 류자명 선생의 밀납이 귤농장을 배경으로 서있고 그 뒤편에는 '훈장받은 농학자'로 표기가 되어 있다. 류자명 선생의 훈장은 한국의 독립운동가로 '건국훈장 애국장'을 받았고 북한에서는 '국기훈장'을 그리고 이곳 중국정부로부터는 '과학기술의 별'이란 서훈을 받으셨다. 한 인물이 동아시아 3국에서 서훈을 받은 경우는 류자명 선생이 유일하다.

특이한 이력의 독립운동가, 류자명

류전휘 교수가 기억하는 아버지 류자명 선생은 다른 독립운동가와 다른 두가지 특징이 있다고 전하고 있다.

하나는, 독립운동에 큰 역할을 하시면서 동시에 자신의 전공에 맞는 일을 찾아 하셨다. 류자명 선생은 일찍이 수원농림학교(현 서울대학교 농과대학 전신)를 졸업하고 농업 교사로 재직하시다 3.1운동이 발발하자 학생들을 조직하여 만세운동을 벌이려다 일경에 발각되자 중국으로와 임시정부에 합류하여 독립운동을 하셨다. 중국에 생활하는 내내 본인의 전공을 살려 농업부분의 교사로서 또는 농장을 운영하는 핵심 기술요원으로 본인의 생계와 독립운동을 병행하신 분이시다. 즉 자기 분야에 남다른 두각을 나타내시며 독립운동을 하셨고 중국인들에게 인정받으셨다.

다른 하나는, 중국인들과 교류를 통하여 중국인들을 친구로 만든 국제우호인사로 그 특징이 남다르다고 설명을 하고 있다. 도움을 준 친구뿐 아니라 그로부터 배움을 받은 수많은 제자를 키워낸 인물이다. 류자명 선생을 대표하는 말 중에는 국제우인(國際友人)이란 말을 종종 쓰는데 선생은 중국에 체류하면서 많은 중국인들과 교유하며 든든한 후원자를 만들었다. 이는 민족과 귀천에 상관없이 사람을 대하신 선생의 고귀한 인품이 있어 가능한 일이었다.

선생의 생애를 이해하기 위해서는 선생과 인연이 있었던 세사람의 인물을 이해할 필요가 있다.

첫번째 인물로는 선생에게 교육자로서 큰 영향을 끼치셨던 쾅후셩(匡互生)인데 그는 후난성 출신으로 일찍이 진보적인 혁명사상을 받아들여 신해혁명시기 학생군으로 활동한 진보적 지식인이다.

1919년 베이징사범대학 수학과에 재학시절 중국의 5.4운동을 이끈 학생 지도자중 한 사람이다. 대학을 졸업하고 후난성 제1사범학교에서 후진을 양성하였다. 교무주임으로 재직시절 말단 직원이었으나 성실하고 배움에 열정을 가진 마오쩌뚱(毛澤東)의 능력을 높이 사서 교사로 채용하고 새로운 사상을 접하게 한 인물이다. 마오쩌뚱은 1921년 창사에서 한국의 독립운동가 이우민 등과 중한호조사를 설립하여 한국의 독립운동과도 인연을 맺게 된다.

그는 자신의 교육관을 실천할 수 있는 사립학교를 상하이에 만드는데 그 학교가 바로 리다학원(立達學院))이다. 농업을 전공한 류자명 선생은 이 리다학원의 농업교사로 재직하면서 그의 생애에 큰 조력자와 후원자가 되는 많은 중국인들을 교사와 제자로서 만나게 된다.

평소 무정부주의 사상에 경도된 쾅후셩 선생의 영향으로 리다학원은 자연스럽게 중국 무정부주의자들의 중점 연락장소로 발전하게 되며 한국 무정부주의 독립운동가들과의 연결고리도 담당하게 된다. 리다학원에서 류자명 선생은 쾅후셩 선생의 교육이념에 크게 매료되는데 교육은 노동과 병행하는 실천이 있어야 하며 학생들은 서로 가르치며 배워야 하고 교사와 학생, 교직원이 서로 하나가 되어야 하는 교육이념을 체득하게 된다. 선생이 농학자로서 농민들로부터 배우고, 배운 것을 다시 연구 발전시켜 농민들에게 돌려주며, 교실이 아닌 농장에서, 말이 아닌 행동으로 배우고 가르치는 교육관이 바로 이곳 리다학원에서 완성된 것이다.

두번째 인물로는 루쉰과 더불어 중국의 문호로 추앙받는 빠진(巴金)이다. 류자명 선생은 리다학원(立達學院)에서 빠진(巴金))의 아우 리챠이선(李采臣)을 제자로 맞이하고 자연스럽게 빠진(巴金)과 깊은 교유를 맺게 된다. 두 사람 모두 무정부주의를 신봉하고 있어 자연스럽게 가까워질 수 있었다. 아나키스트들은 자신의 행복을 타인의 불행 위에 세우지 않고, 조국을 사랑하고 인민을 사랑하며 대다수 사람을 위하여 자신을 희생할 수 있어야 한다고 생각하였다. 국경과 언어를 초월한 연대 의식이 있었다. 빠진은 한국의 아나키스트 류기석, 심용환 선생과도 큰 교류가 있었는데 평소 조선이 일제로부터 받는 억압과 착취에 연민의 정을 가지고 있었다.

빠진은 류자명 선생을 모델로 1936년 4월에 '머리칼 이야기(髮的古事)란 소설을 써 발표하기도 하고 그의 작품 곳곳에 류자명 선생과 한국의 아나키스트 독립운동가를 모델로 한 작품이 있다.

두 사람은 꾸이린(桂林)에서 지근 거리에서 함께 생활하며 우정을 키웠다. 류자명 선생은 문화대혁명 시기 위기에 몰린 빠진을 적극적으로 도와주었으며 빠진은 말년에 류자명 선생이 본인의 일대기를 정리할 수 있게 독려하며 원고를 꼼꼼히 챙겨 준 친 형제와 같은 사이였다.

세번째 인물은 선생의 정치적 후원자인 청싱링 (程星齡)이다. 후난성 출신인 그는 베이징대학을 졸업하고 국민당의 주요 요직을 담당하였다. 선생이 푸젠성(福建省)에서 농업농장에서 지도요원으로 일할 때 일이다. 푸젠성 성장의 비서로 부임한 청싱링(程星齡)에게 리다학원의 중국 아나키스트들은 그에게 이미 농업학자로 저명한 류자명 선생을 소개한다. 이후 그는 농업 발전이 중국 발전에 필수 조건이란 류자명 선생의 생각에 공감하게 되고 적극적 지원을 아끼지 않는다. 류자명의 중국 생활의 든든한 버팀목이 되어준다.

류자명 선생이 꿔이린(桂林) 에서 일본의 공습을 피해 탈출할 때 가족의 교통편을 제공하기도 했고 또 일본이 패전하자 타이완 농림처에서 근무할 수 있게 추천한 이도 청싱링이었다. 5년 가까이 타이완에서 체류하며 대만척식회사의 일본인 농학자들과 교류를 통해 아열대 농림업에 대한 학문적 깊이를 더하는 계기가 되었다.

청성링은 공산주의에 협조한 국민당원 혐의로 실각하여 타이완으로 이송되어 가택 연금을 당한다. 선생은 그런 청싱링을 찾아 위로하며 우의를 쌓았다. 어려울 때 친구가 진정한 친구라 했던가? 국공내전이 공산당의 승리로 신중국이 건설되자 청싱링은 후난성 부성장으로 복귀하게 되고 이후 선생의 든든한 조력자와 후원자가 되 주었다.

1950년 6.25전쟁으로 고국으로 돌아갈 길이 막히자 후난농업대학 총장으로 있던 리다(李達)로 하여금 류자명을 교수로 초빙하여 중국 농업발전에 크게 기여하게 한다. 또 몇차례에 걸쳐 북한에서 외교적 루트를 통해 류자명 선생의 북송을 요청하자, 류자명 선생은 중국농업발전에 꼭 필요한 인재라며 그의 북송을 저지하는데 큰 역할을 하셨다. 만약 북으로 갔으면 선생 또한 연안파가 숙청되었을 때 소리 소문 없이 역사의 뒤안길로 사라지셨을 것이다. 다행이지 않을 수 없다.

무덤 옆의 사진 한장

전시관 한편에 한 장의 사진이 걸려있다. 어머님 장례를 치른 백범 김구 선생과 함께 찍은 사진이다. 임정의 어머니 곽낙원 여사가 81세의 연세로 총칭에서 돌아가셨다. 상하이에서 총칭까지 임시정부와 함께하신 임정의 어머니이다. 어머니를 잃은 백범의 아픔은 한 사람의 것이 아니다. 여사는 백범의 어머니이자 독립운동가 모두의 어머니이셨다.

백범과 류자명 선생 뒤편에 아직 앳띤 얼굴을 한 십대 소년의 모습이 보인다. 백범의 둘째아들 김신이다. 광복된 후에도 중국에 남아 비행학교에서 학업을 마치고 귀국하여 대한민국 공군 창설에 기여하고 후에 공군 참모총장에 올랐다.

류전휘 교수는 한·중 수교 후 한국을 방문하였을 때 김신 장군과의 만남을 회상한다. 비록 첫 만남이었지만 오래된 친척을 만난 기분이었다. 김신 장군은 류교수에게 “내가 살아 있는 사람 중에 당신 아버지를 만난 유일한 사람일꺼요”라고 말씀하시며 아버지 류자명 선생과의 일화를 소개하셨다. 과묵한 성격에 말보다 실천을 강조한 독립운동가들의 모범이었다고 전한다

김신 장군은 한·중 수교에 얽힌 일화도 전해 주셨다. 한중수교를 위한 특사로서 수교 전 비밀리에 중국을 8번이나 방문하여 막후

접촉을 하였는데 그 당시 공산당 지도자중에 백범 김구 선생을 기억하는 이들이 있어 회담의 물꼬를 트는 적격자로 판단되어 막중한 임무를 맡으셨다. 회담은 순조롭지만은 않았다. 한국과 중국의 수교는 두 나라만의 문제가 아니라 북한과 타이완(台湾)의 입장까지 고려해야 하는 얽히고 설킨 실타래와 같은 관계였다. 실타래를 푸는 것은 아버지 김구의 영향도 있었지만 직접 중국공군군관학교에 수학한 김신 장군의 이력도 도움이 되었다한다. 아버지와 아들이 대를 이어 중국과의 교섭에 나선 것은 우리 역사에 유일한 장면이 아닐까 싶다.

국교 수립을 위한 특사는 그래도 영광스러운 자리였다. 그런데 아이러니하게도 타이완(台湾)에 국교단절을 통보하는 특사로도 파견을 요청받았다. 참 난감한 상황이었다. 해방 후 타이완 대사까지 지낸 김신 장군은 단교의 이유를 설명하는 사절로는 도저히 못 가겠다고 완강히 거절하였다. 타이완 대사 시절 장제쓰(蔣介石)는 백범과의 인연으로 그를 특별히 대해 주었다. 장제스의 아들을 비롯한 국민당의 주요 인사들도 국제우호인사로서 김신 장군을 높게 평가하며 교류했다. 백범과 김신 장군의 인맥이 아직 국민당 쪽에 있어 불가피한 외교적 선택을 설명하는 적임자라는 정부의 판단에 따라 길을 떠 날 수 밖에 없었다. 대한민국 임시정부를 도와 달라는 아버지와 이제는 그 관계를 청산하겠다는 아들의 행보라니 이 무슨 역사의 장난인가? 김신 장군은 그때를 생각하면 아직도 아찔하다며 머리를 흔드셨다.

柳展輝 이름에 담긴 나라사랑의 숨은 뜻

기념관 한 쪽 벽면에서 임시의정원 의원들이 34차 회의를 하고 함께 찍은 사진이 걸려 있다. 사진속에 류자명 선생의 모습을 볼 수 있다. 이 시기 류자명 선생은 독립운동 세력의 통합을 위해 임시정부에 다시 합류하여 활동을 하던 시기였다. 치장에 도착한 임시정부는 독립운동 좌우세력의 통합을 추진한다. 7당 통합회의이다. 비록 회의는 결렬되어 좌우 통합은 바로 성립되지 못하였지만 백범과 김원봉의 끊임없는 노력으로 마침내 좌우 연합정부를 꾸리게 된다.

백범과 김원봉을 넘나들며 교섭의 물고를 터준 인물이 바로 류자명 선생이다. 일찍이 선생은 김원봉의 의열단에 가입하여 의열투쟁을 전개하였고 1938년 우한(武漢)에서 김원봉과 같이 조선의용대를 창설하고 지도위원을 맡으셨다. 조선의용대는 중국관내에 설립된 최초의 한인 무장독립단체이다. 중일전쟁이후 김구, 김원봉과 함께 장시성(江西省) 루산(庐山)에서 장제스(蔣介石)을 만나 대일항전에 대한 의견과 지원에 대해 협상하였다. 중국 국민당 또한 항일전쟁에 승리하기 위해서는 한인 무장세력과의 연대가 필요했다. 또 지원을 효과적으로 하기 위해서는 통일된 한인 독립운동세력이 필요했던 것이다. 류자명 선생은 임시정부와 조선의용대를 연결하는 가교 역할을 하며 독립운동 진영간 통합에 물밑 작업을 한 것이다.

사진 앞에서 류전휘 교수님은 류자명 선생의 노력을 설명하시면서 조선의용대의 임시정부 편입 날짜를 아냐고 물으신다. 1942년까지는 알고 있는데 정확한 날짜는 기억이 나지 않았다. 교수님은

1942년 5월 14일 드디어 조선의용대가 임시정부의 군대인 광복군 1지대에 편입돼 당·정·군 모든 조직에서 좌우 연합이 완성되었다고 설명을 해 주셨다. 교수님은 어떻게 조선의용대의 광복군 편입 날짜를 정확히 기억하실까? 거기에는 아주 특별한 사연이 있었다..

교수님의 생신이 바로 1942년 5월 19일이다. 조선의용대가 광복군에 편입된지 5일째 되는 날이다. 조선의용대가 이제는 임시정부의 광복군이 된 것이다. 류자명 선생은 통합 뒤 얻은 아들의 이름을 전휘(展輝)로 지었다. 輝란 글자는 光자와 軍의 조합이다. 즉 광복군을 의미한다. 어렵게 통합된 광복군이 발전하라 축원하며 展을 넣어 展輝라는 이름 지으셨다. 아들의 이름조차 조국의 독립과 광복을 염원한 선생의 고귀한 뜻에 가슴이 숙연 해진다.

중국 화훼의 아버지

류자명 선생은 1950년부터 돌아가시는 1985년동안 이곳 후난농업대학에서 35년간 농업 연구와 후학양성에 온 열정을 쏟으셨다. 그중 농학자로서 그의 업적은 일반인의 상상을 뛰어넘는 수준이다. 농업이 천하의 근본임을 잊지 않고 땅과 그 땅을 경작하는 농민들을 존경했다.

농민과 함께 땅을 일구고 제자들과 함께 토론하는 선생의 모습은 사진으로 전시관 곳곳에 남아있다. 특히 농업부분에 있어 선생의 업적은 감귤의 재배 북방한계선을 높였으며 개화기 강수량이 많아 포도 재배가 안되는 창사지역에 포도 품종을 개량하여 일년에 다수확 할 수 있는 품종을 만드셨다. 선생은 신품종 포도 개발의 감회를 묻는 질문에 “중국에서 포도재배가 크게 발전하기를 기원하며 성장기 어린 아이들에게 필요한 영양소와 맛있는 과일이 공급되어 건강하게 자라길 희망한다"고 말씀하셨다.

또 수많은 학술 논문을 중국은 물론이거니와 세계 농업학회에 투고하였다. '재배 벼의 기원 및 발전' 이란 논문은 과학적 연구방법과 고고학적 접근방법 그리고 철학적 사유를 통해 재배벼의 기원이 중국임을 밝히기도 하였다. 당시 농업연구에 있어 선진국이었던 일본의 학자들조차 이 논문을 인용하기도 하였다. 많은 일본 학자들과도 교류가 왕성하였다.

1985년 3월에 중국 현대 농학자의 업적을 정리한 '중국현대농학자 전기'에 외국인으로서는 유일하게 그의 업적에 대한 글이 소개되었다. 중국 농학에서의 선생의 위상을 엿볼 수 있는 대목이다.

아나키스트 독립운동가 그들은 누구인가?

우리 독립운동을 흔히 두 진영으로 나눠 이야기한다. 하나는 민족주의 계열로, 다른 하나는 공산주의(사회주의) 계열로 양분한 단순 구분법이다. 이념으로는 좌와 우로 나누고 국토로는 남과 북으로 갈라 구분한다. 이러한 경향은 자연스럽게 이분법적 사고로 이어져 이것이 아니면 저것이 되는 상황이 되어 버렸다. 즉 내편이 아니면 적이 되는 것이다.

여기 한 진영의 사람들이 있다. 좌와 우를 넘나들고, 남과 북을 아우를 수 있는 그 중간의 어디쯤에 그들은 서 있다. 그러나 그들을 좌에서는 우라고 하고, 우에서는 좌라고 하였으며, 남에서는 북이라 하고, 북에서는 남이라 하여 어느곳에서도 쉽게 속하지 못한 채 역사에 외면당한 사람들이다. 우리는 그들을 아나키스트라고 부른다. 일명 무정부주의자라고 말한다. 무정부주의라는 어감에서 느끼는 부정적 이미지가 우리 독립운동사에서 그들의 역할과 활동을 과소 평가하게 하는 단초가 되었다. 이는 사상이 좌우로 극명하게 나뉘고 국토가 남과 북으로 갈라지는 과정에서 겪을 수 밖에 없었던 시대의 아픔이다.

▌아나키스트, 인간의 자유를 노래하다.

아나키즘 (Anarchism)의 사전적 정의는 다음과 같다.

"모든 정치조직, 권력을 부정하는 사상 및 운동이다. 아나키즘은 무정부주의라고도 하지만 아나키즘의 비판 대상은 국가권력뿐만 아니라 자본이나 종교 등에도 미치며, 정치적 지배 뿐만 아니라 모든 영역의 지배를 부정하고 의문에 붙이려는 사상 조류"(21세기 정치학 대사전 인용).

아나키즘의 핵심은 모든 영역의 지배와 통치를 부정하는 데 있다. 무정부주의라는 어감에는 왠지 국가 권력이 없는 무질서를 뜻하는 것 같다. 하지만 아나키즘은 통치자를 부정하지만 그렇다고 질서가 파괴되고 혼란의 사회를 추구하지 않는다. 오히려 통치자와 권력이 자연의 질서를 파괴한다고 생각한다. 모든 사람에게는 어떤 권력과 지배로부터 침해 받지 않을 자유가 있다. 개인 각자의 자유와 권리를 우선시하는 개인주의가 아니다. 나의 자유가 소중하듯이 다른 사람의 자유도 소중하다고 생각하는 "가슴 따뜻한 자유주의자"라 생각한다. 그들에게는 언어도, 민족도, 국가도 부차적인 것이었다. 개인의 자유와 평등의 가치가 소중한 삶의 척도였다.

3.1독립운동은 남녀노소, 빈부격차 없이 전 민족이 참여한 거족적 운동이었다. 신분제를 철폐하고 평등의 가치를 추구하였으며, 통치받는 신민(臣民)이 아니라 한 사람 한 사람이 주권을 가진 공화

의 시기로 넘어가는 길목이었다. 3.1독립운동은 기존 지배체제에서 벗어나려는 가히 혁명적 사건이었다. 독립운동은 누군가에게는 민족을 해방시키는 출구였고, 누구에게는 구조적 계급모순을 부수는 방법이었으며 또 누군가에게는 사람의 가치를 바로 세우는 자유와 평등의 길이었다. 이 자유와 평등의 길을 걸은 사람들이 아나키스트였다.

독립운동에 있어 이런 아나키즘을 일찍이 받아들인 인물로는, 일제가 조선을 병탄하자 가산을 정리하여 압록강을 건너 '경학사'라는 공동체를 만들고 '신흥무관학교'를 세워 수많은 독립 인재를 길러낸 이회영 선생과 우리 상고사를 정리한 역사학자 신채호 선생을 들 수 있다. 임시정부 초기부터 활동한 독립운동가로 중국 화훼의 아버지로 추앙받는 류자명 선생, 대를 이어 독립운동에 투신한 류기석, 류기문 형제. 임시정부 외곽에서 임정과 협력을 도모한 정화암 선생, 상하이 3대 의거 중 하나인 육삼정 의거를 추진한 백정기, 원심창, 이강훈 모두가 아나키스트 독립운동가들이다. 불꽃 같은 삶을 살다간 청춘들이었다.

류자명 선생은 21세기 한·중간의 관계 회복을 위해서도 다시 조명받아야 할 독립운동가이다. 우리에게는 독립운동가로, 중국에게는 화훼의 아버지로 추앙받는 류자명 선생은 한 중 우호의 상징적 인물이다. 특히 세계는 식량전쟁의 위험속에 식량주권의 중요성이 대두되고 있다. 중국 과학기술의 별로서 중국 농업 발전에 크게 기여하신 류자명 선생이 주목받는 이유이다.

창사의 다른 기억, 김구 암살 사건 현장

"한인(韓人)의 총을 맞고 산 것은 일인(日人)의 총에 죽은 것보다 못하다."

1937년 7월 중일전쟁이 발발하자 일본의 침략은 중국 내지로 가속화되었다. 2달여에 걸쳐 상하이를 침공한 일본은 난징으로 북상하게 되었고 중국 국민당 정부는 전시 수도를 난징에서 총칭으로 이동하게 된다. 쩐장(镇江)과 난징(南京)에 있던 우리 임시정부도 일본의 침략을 피해 후난성 챵사(长沙)로 이전하게 된다. 창사에서의 생활은 1937년 11월에서 이듬해 6월까지 반 년의 시간이었다. 임시정부가 창사로 이전하게 된 이유에 대해서 김구 선생은 백범일지에 '100여명의 다수 식구를 가진 임정의 처지에 곡식 값이 극히 싼 곳인 데다 장래 홍콩을 통하여 해외와 통신을 계속할 계획 때문이다'라고 밝히고 있다.

김구 암살시도가 있었던 난무팅

1938년 5월 7일 창사의 조선혁명당 본부인 난무팅(楠木厅)에서 조선혁명당원 이운환이 김구 선생 등을 저격한 난무팅 사건이 발생하게 된다. 이 사건은 창사로 이동한 임시정부가 김구의 한국국민당, 조소앙의 재건한국독립당, 이청천의 조선혁명당 3당이 통합을 논의하는 과정에서 발생하였다. 조선혁명당의 이청천이 김구와의 통합을 반대하는 강창제, 박창세 등을 조선혁명당에서 제명시키자 이에 앙심을 품은 이운환이 일으킨 사건이다. 이 사건은 계파간 갈등이 아니라 사실은 일본 고등경찰이 김구 암살을 추진한 정황이 있는 사건이다.

윤대원의 논문 "일제의 김구 암살공작과 밀정"에 따르면 백범 김구는 중국에서 활동하던 중 일제 고등경찰에 3번이나 암살시도의 표적이 되었다. 논문 속 내용을 따라가 보자.

첫번째 암살기도는 난징에서 있었다. 한인공산당원 오대근을 밀정으로 포섭하여 추진하였는데 백범일지에도 그 정황이 남아 있다. '왜구가 나의 족적이 난징에 있다는 냄새를 맡고 상해에서 암살대를 난징으로 파견한다는 보도를 접했다. 공자묘 (孔子庙) 근처에 사람을 파견하여 시찰해 보니 과연 사복 일본 경찰 7명이 대오를 지어 순찰하더라'고 적고 있다.

두번째 암살기도는 독립운동 단체간 이간질을 통한 시도였다. 아나키스트 독립운동가들로 구성된 '남화한인청년연맹'의 정화암에게 김구 암살을 의뢰한 것이다. 이는 정화암의 노련한 대처로 일제의 의도를 읽고 암살자금만 받은 채 무의로 끝났다. 김구와 정화암은 독립의 방략은 다소 달랐으나 근본적으로 서로 협조하며 경쟁을 하기도 한 독립운동의 동지였다. 그런 정화암에게 김구 암살은 애초에 고려의 대상이 아니었다.

세번째 암살기도가 바로 난무팅 사건이다. 두 번의 실패 뒤 추진한 것이라 보다 조직적이고 장기적 계획아래 이뤄졌다. 박창세를 사주한 사건이다. 박창세는 임시정부 초기 이유필, 김구 등과 병인의용대를 만들고 적극적으로 독립운동에 헌신한 사람이다. 윤봉길 의사가 남긴 메모에 적혀 있던 6명의 임정의 주요 인물 중 한 사람이다. 그러한 인물이 어떻게 김구 암살 사건에 연루되었을까? 그에게는 두 아들이 있었다. 첫째 박제도는 상하이의 망나니였다. 마약과 매춘으로 생계를 유지하면서 자연스럽게 일본영사관의 끄나풀이 되었다. 둘째 아들 박제건은 당시 상하이를 주름잡는 유망한 권투선수였다. 별명이 황색화살(Yellow Arrow)로 불리며 1935년에는 전중국 팬턴급 챔피언에 오르게 된다. 그는 한국으로 귀국하여 세계적인 권투선수 서정권과 대결을 원하고 있었다. 상하이주재 일본영사관은 형 박제도를 통해 동생의 한국 귀국을 미끼로 아버지 박창세를 포섭한 것이다. 마침 박창세는 김구의 오른팔 안공근의 독선에 불만을 품어 신기언, 이운환, 이창기 들을 포섭해 한국혁명청년당을 만든 상태였다. 박창세에 있어서는 정치적 이권과 개인적 영달이 묘하게 맞아 떨어지는 시점이었다. 김구선생은 백범일지에서 박창세와 강창제를 주목하였다. 이운환이 두 사람의 악선전에 이용되어 사건의 주범이 되었다고 적고 있는데 특히 아들이 일본의 밀정인 박창세가 난무팅 사건의 배후임을 지목하고 있다.

중국에서 일어난 김구 선생 암살 시도는 모두 일제가 밀정을 이용했음을 보여준다. 일제는 개인의 약점 또는 경제적 어려움을 미끼로 밀정을 회유하여 요인 암살, 정보 수집, 독립운동 기간내 분열을 조장하는 등 비열한 방법을 썼으며 현재 일본측에 남아 있는 우리 독립운동에 대한 조사 보고는 상당수가 이런 밀정의 조사에 의한 것이다.

한중수교 30주년 기념 임정발자취 탐방단의 상아의원 방문 사진

난무팅((楠木厅)에서 총탄을 맞은 김구 선생은 자동차로 상아병원으로 이송되었으나 의사는 상처가 깊어 가망 없다고 판단하고 입원 수속은 물론 응급조치도 하지 않았다. 그저 명이 다하길 기다릴 뿐이었다. 김구 선생이 3시간을 넘게 버티자 그제서야 입원과 치료를 시작하였다. 김구 선생은 약 한달간 병원 신세를 진 후 퇴원할 수 있었다.

김구 선생이 입원하는 동안 후난성 주석 쟝치중(張治中)은 여러 차례 문병하였으며 장제쓰 주석도 전보와 사람을 시켜 입원비와 마음을 전달하기도 하였다. 한 달의 입원 치료 후 퇴원한 아들을 본 백범의 어머니 곽낙원 여사는 "자네의 생명은 상제(上帝)께서 보호하시는 줄 아네, 사악한 것이 옳은 것을 범하지 못하지. 하지만 유감스러운 것은 이운환 정탐꾼도 한인(韓人)인즉, 한인의 총을 맞고 산 것은 일인(日人)의 총에 죽은 것보다 못하네"라고 말씀하셨다. 백범 김구의 큰 버팀목이 되어 주셨던 어머님의 강인함을 느낄 수 있는 대목이다.

이렇듯 창사의 난무팅 사건은 독립운동 각 진영과의 의견 차이에서 생긴 것이 아니라 그 분열을 교묘히 이용하려 한 일제의 체계적인 방해공작의 산물임을 알아야 할 것이다.

8장

중국혁명과 한국독립운동의 요람

황포군관학교 전경

황포군관학교에서 만나는 독립운동가.

광저우(广州)는 혁명가 쑨원(孙文)의 정치적 고향이다. 쑨원은 임정의 든든한 후원자였다. 쑨원의 정치적 부침(浮沈)은 우리 독립운동에 영향을 미칠 수밖에 없었다. 1917년과 1921년 광저우에서 두 번의 군 정부를 조직한 쑨원은 부하이자 군벌인 천쭝밍(陳炯明)의 반란으로 1922년 6월 다시 광저우를 떠나야만 했다. 혁명가의 고단한 일상이었다.

1923년 쑨원은 소련의 지원을 받아 다시 광저우에 세번째로 혁명정부를 수립한다. 육해군대원수부를 세우고 대원수로 취임한다. 그리고 국민당 개조작업을 통해 공산당과의 연합을 모색하였다. 중국 공산당 역시 1923년 6월에 광저우에서 제3차 전국대표대회를 열어 공산당원도 개인자격으로 국민당에 가입할 수 있게 하여 국,공합작의 명분을 다졌다. 일련의 과정을 거쳐 1924년 제1차 국 · 공합작이 이뤄지게 된다. 광저우가 다시 반제국주의, 반봉건주의의 핵심 혁명 도시가 되었고 북벌을 위한 전초기지가 되었다.

제1차 국공합작의 실현으로 소련의 지원을 받게 된 쑨원은 반제국주의와 북벌을 위한 인재 양성을 목표로 중산대학과 황포군관학교를 세우게 된다. 이 두 학교는 한인 독립운동가를 육성하는데 큰 요람이 되었다. 중산대학과 황포군관학교를 통해 중국의 혁명가와 더불어 한 · 중 연대의 상징이 된 수많은 독립운동가가 배출되었다. 중산대학과 황포군관학교는 약소민족 독립운동가에게 국제연대의 기회를 제공하여 주었다. 쑨원은 특히 한인 청년들에게 학비를 면제해 주고 생활비까지 지원해 주는 특혜까지 주었다. 이러한 배경으로 수많은 한인 청년들이 속속 광저우로 모여 들었다. 특히 사회주의 계열의 운동단체에 있어 국공합작은 단비와 같은 해방구였다. 자유시 참변과 동북 군벌 쟝쭈어린(張作霖)과 일본이 체결한 미쓰야 비밀협정으로 동북의 사회주의 계열은 설 자리를 점점 잃어갔다. 중국 관내로 진출을 모색하던 사회주의 계열에 있어 광저우는 새로운 희망이 되었다. 동북과 광저우의 공간적 거리는 전혀 문제되지 않았다.

광저우 챵저우따오(长洲岛)에 세워진 황포군관학교는 군벌을 제압하고 혁명완수를 위한 중국혁명군의 군사인재를 키우기 위해 세워졌다. 두 번의 혁명정부의 실패로 쑨원에게 '군대없이 혁명할 수 없다'는 독일의 혁명가 '로자 룩셈버그'의 생각이 각인된 것이다. 군관학교의 편제와 군사교육 과정은 모두 소련의 지원 하에 이뤄지게 된다. 소련은 총200만 루블에 해당되는 경제적 지원과 탄약 및 무기를 제공하였다.

이 황포군관학교가 다른 학교와 달랐던 점은 혁명 과정에서 확고한 신념을 가진 지도자를 키우기 위한 정치 교육이 병행되었다. 이 정치부 부주임으로 학생들을 가르친 이가 바로 중화인민공화국의 초대 총리를 지낸 쩌우언라이(周恩來)이다. 자연스럽게 계급의 문제, 지배와 피지배의 문제, 제국주의 침략사 등 사회주의적 관점의 교육이 병행되게 되었다. 더군다나 그 뒤에는 국제적 연대를 도모하는 소련의 정치 고문단도 함께 활동을 하였다. 자연스럽게 학교는 정치와 사상의 토론장이 되었다. 사회주의적 초기 공산당 이념에 매료된 청년들이 공산당 지하조직으로 흡수되어 국민당과 정파간 갈등의 가능성을 학교 설립 초기부터 가지고 있었다. 국공합작의 결과로 세워진 군사 학교지만 실질적으로 국공갈등의 요소를 내재하고 출범한 모순이 있었던 것이다.

황포군관학교는 1924년 6월 1기를 시작하여. 1930년 6월 7기 졸업식을 끝으로 문을 닫았지만 한국과 중국의 혁명가를 키우는데 지대한 영향을 미치었다. 한인 학생의 입학은 3기부터 진행되었다.

의열단의 새로운 선택

1차 국공합작 체결은 우리 독립운동가들에게 새로운 돌파구를 마련하여 주었다. 국민당과 공산당의 합작은 독립운동 단체간 또는 단체 내부에 민족주의 계열과 사회주의 계열의 통합을 도모하는 계기가 된 것이다.

의로운 일을 맹렬히 시행한다는 취지로 설립된 독립운동 단체 의열단은 수많은 의열투쟁으로 일제의 간담을 서늘하게 하였지만 우리측 피해 또한 적지 않았다. 이에 단장 김원봉은 소수의 의열 투쟁이 아니라 우리 군대를 가져야 독립전쟁을 효과적으로 추진할 수 있다 생각하고 투쟁 노선의 변화를 추구한다. 단장인 김원봉은 군사학을 배워 우리의 군대를 세우는 것이 독립운동의 새로운 사명임을 천명하였다. 이에 의열단장 김원봉도 박효삼, 박건웅 등과 함께 황포군관학교를 방문하여 교장인 장제스와 의열단원의 입학을 상의한다. 장제스의 적극적인 후원으로 의열단은 김성숙을 위주로 중산대학에, 김원봉을 중심으로 황포군관학교에 나눠 입학하게 된다. 문과 무, 두 축의 인재를 함께 육성하려는 의열단의 전략적 결단이었다. 또한 의열단이 중산대학과 황포군관학교를 통해 중국의 혁명가들과 인연을 맺게 되는 역사적 순간이었다.

24명의 의열단원과 함께 4기로 입학한 김원봉은 동지들에게 "중국의 항일전쟁은 단지 잃어버린 중국의 땅을 되 찾는데 국한되지 않고 대륙에서 일제세력을 없애고 조선의 독립을 보장하는 일이다"라고 한중 연대를 강조하였다. 김원봉이 황포군관학교 시절 맺은 장제스와 쩌우언라이를 비롯한 중국 혁명가들과의 교류는 우리 독립운동의 큰 자산이 되었다. 중국 각지로 퍼져 나간 황포군관학교 출신 인맥은 국민당과 공산당을 막론하고 독립운동의 우호세력이 되었다.

의열단은 이러한 인맥을 바탕으로 난징(南京)의 '조선혁명군사정치간부학교'와 독립운동내 각 정당간 통합을 도모한 '조선민족혁명당' 그리고 1938년 중국 우한(武汉)에서 한인들에 의해 설립된 한인 무장 독립운동단체인 '조선의용대'를 설립하였다. 조선의용대는 1942년 '한국광복군'에 편입하게 되어 임시정부의 좌우 연합을 완성하게 된다. 실로 우리 독립운동사에 지대한 영향을 미친 독립운동의 요람이 바로 이곳 광저우이다.

청산리의 별 황허강에 잠들다.

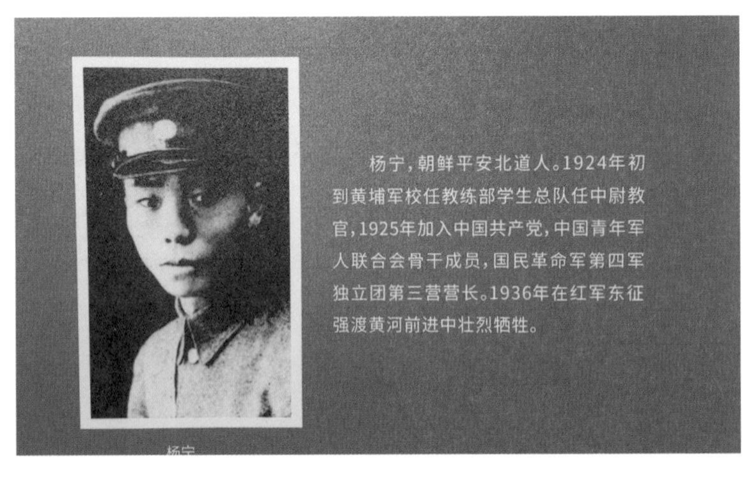

황포군관학교 내 전시되어 있는 양령장군으로 불린 독립운동가 김훈

황포군관학교에는 한인 학생뿐만 아니라 교관으로 참여한 한인들이 여럿 있었다. 강섭무는 소련군사학교를 졸업하고 러시아 교관의 통역을 맡았고; 상해임시정부에서 온 김철남은 제3교도단 소좌를, 운남 강무당을 졸업하고 온 최용건도 학생을 통솔하였으며, 의열단원 오성륜과 김성숙은 러시아어와 정치사를 가르쳤다. 또 학생

으로 입학하여 졸업 후 학교에 남아 교직원이 된 사례도 여럿 있었다. 특히 손두한은 교장 판공실(사무실) 주임으로 있었는데 바로 쟝제스의 비서를 담당한 것이다. 많은 독립운동가들이 안전과 보안을 이유로 변성명을 할 때라 기록보다 훨씬 많은 한인들이 직, 간접적으로 학교에 관여하였다.

황포군관학교 사료전시관에 유일하게 소개된 한인의 사진 한 장이 있다. 우리에게 생소한 양림 (杨林) 또는 양령(杨宁)이라 불린 인물이다. 양림의 본명은 김훈이다. 1901년 평안북도에서 태어나 10살이 되던 해 나라가 망하는 모습을 어린 나이에 보고 독립에 대한 열정을 품었다. 1919년 3.1 독립운동이 일어나자 아버지와 함께 평양에서 만세운동에 참여한다. 아버지는 만세운동으로 일제에 잡혀 모진 고문 끝에 사망하게 된다. 그를 체포하려는 일제의 감시와 포위망이 좁혀오자 김훈은 중국으로 망명을 결행한다.

이회영 선생이 세운 독립운동의 요람 신흥무관학교에 입교하여 6개월의 간부육성과정을 마치고 김좌진의 북로군정서의 사관연성소의 군사교관이 되어 독립군을 양성한다. 1920년 10월 김좌진 장군 휘하의 1개 중대를 이끌고 백운평 골자기에서 중앙 본진을 맡아 일주일 동안 일본군 1,000여명을 살상하는 청산리 승리의 주역이 된다. 우리 무장 독립운동사에 빛나는 전투로 기억되는 순간이다. 김좌진 장군도 전투에서 보여준 김훈의 용감성과 결단력에 큰 칭찬을 아끼지 않았다.

1921년 3월 1일 상하이의 임시정부에서 발행하는 독립신문 제96호에 "북로아군실전기"란 제목의 기사가 2회에 걸쳐 게재된다. 청산리 전투를 몸으로 겪은 이가 전투의 시작과 끝을 보고한 일종의 전투보고서인 것이다. 이 보고서를 쓴 이가 바로 양림이라 불린 독립운동가 김훈이다.

청산리대첩으로 우리 독립군의 사기가 충천한 것도 잠시, 일제는 만주에 있는 우리 동포들을 무참히 살해하는 보복을 감행한다. 독립군의 지지 기반이 흔들리자 김훈은 보다 더 체계적인 군사훈련을 배우기 위해 만주를 출발하여 1921년 쿤밍(昆明)에 도착하여 운남강무당에서 16기 포병과에 입학한다.

1924년 운남강무당의 포병학과를 졸업하고 황포군관학교의 교관으로 임명되어 교련부 학생총대장을 맡았다. 또 쩌우언라이(周恩来)가 이끄는 중국청년군인연합회 핵심간부로 1925년 중국 공산당에 입당하였다. 당시 김훈은 제4군 독립단의 제3영장(대대장급)으로 휘하에 500여명을 통솔하는 지휘관이었다.

1925년 쩌우언라이(周恩来)와 쟝제스(蔣介石)가 함께 참여한 동정(東征)전투에 중대장으로 참여하였다. 1927년 공산주의자들의 반란사건인 광저우 기이에 참가한 후 중국공산당의 지시에 따라 1928년 모스크바에서 1년가량 유학 후 중국으로 돌아왔다. 1932년 장시성 루이진(瑞金)에서 국민당의 반소탕전에 맞서 큰 공을 세워 마오쩌둥(毛澤東)과 쩌우언라이(周恩来)의 신임을 받았다.

1934년 10월 홍색간부단 참모장으로 중국공산당의 대장정에 올라 2만5천리의 고난의 행군을 마친 10인의 조선인 중 한 명이었다. 1936년 장정을 마친 홍군은 황허(黃河)를 건너 항일을 위한 동정(東征)을 계획한다. 그 최전선 돌격대장을 조선인 양림이 선봉으로 선 것이다. 홍군 15군단, 75사의 돌격대 40여명은 양림의 지휘 아래 황허(黃河)를 건넌 것이다. 이 작전중 안타깝게도 양림은 복부에 총탄을 맞고 쓰러져 운명을 다 하였다.

청산리에 뜬 독립군의 별이, 홍군의 붉은 꽃잎이 되어 황허(黃河) 뻘에서 장렬히 전사한 것이다. 홍군의 대장정은 마치었지만 조국 독립의 장정은 마치지 못한 채 쓸쓸히 잠들었다.

양림을 비롯해 중국혁명에 참여한 대다수 한인들은 중국혁명이 항일투쟁 승리와 조국 독립의 지름길이라 판단하였다. 독립된 전투조직을 갖지 못한 약소민족 혁명가의 한계이자 피치못할 선택이었다.

한국에서는 공산혁명에 가담한 경력 때문에 독립운동가로 제대로 평가받지 못하고 있고, 중국에서도 대원수까지 오른 린뱌오(林彪)의 참모장인 양림(楊林)에 대한 평가는 그리 후한편은 아닌 거 같다. 신흥무관학교에서 출발하여, 사관연성소, 운남강무당, 황포군관학교를 거쳐 모스크바 군사대학과 중국으로 돌아와 군정대학등 총6곳의 군사학교를 거치면서 체계적인 이론을 배우고, 야전 선봉장으로서 실전 군사경험이 풍부한 인물은 한국과 중국을 통틀어 양림이 거의 유일하다 하겠다.

그나마 황포군관학교 전시실에 있는 유일한 한인의 기록이란 점에 작은 위로가 된다. 그는 황포군관학교 출신으로 중국 공산당에서 인정을 받은 몇 안 되는 인물이다. 또 우리가 기억해야 할 청산리 대첩의 숨은 영웅이다.

임시정부 광저우 청사 – 동산백원을 찾아라

창사(长沙)에 머물던 임시정부는 일제의 내륙진출로 창사가 함락위기에 처하자 후난성(湖南省) 성장 장치쭝(張治中)으로부터 광동성(广东省) 성장 우티에청(吳鐵城)을 소개받아 광저우로 향하게 된다. 원래는 꿰이린(桂林)이나 쿤밍(昆明)으로 이동을 계획했으나 전시상황이 워낙 긴박하여 홍콩까지 철로가 연결되어 있는 광저우를 임시 목적지로 삼아 이동하였다.

전시 와중에서도 후난성 성장 장치쭝은 화물 기차 한 칸을 내어 주어 임시정부의 이동을 도와주었다. 이 당시 상황을 기록한 백범 일지나 정정화 여사의 장강일기를 보면 긴박하고 갑작스럽게 이동한 흔적을 볼 수 있다. 기차로 이동 도중 포격을 받은 적도 있는 위험천만한 피난 행렬이었다.

광저우로 임정 이전이 확정되자 임정은 황포군관학교 교관 출신인 채원개로 하여금 임정의 청사와 가족들의 거주지를 먼저 확보하게 한다. 임시정부는 동산바이웬(東山栢園) 이란 곳에 사무실을 정하게 되고 100여명의 임정 가족들은 야스야(亞世亞) 여관에 여장을 풀었다. 전시중 갑작스레 100여명의 대가족이 머무를 수 있는 공간을 확보하는 것은 그리 쉬운 일이 아니었다. 광동성 정부와 연관이 있는 황포군관학교의 인맥이 빛을 발한 순간이다.

한국국민당, 한국독립당, 조선혁명당 3당이 광저우에 함께 있다가 한국국민당은 광저우 인근의 풔산(佛山)으로 옮겨 거주하였으며 임정 요원들은 풔산과 광저우를 옮겨 다니며 업무를 보았다.

광저우의 짧은 체류시기의 임정의 활동은 내부를 추스리고 외교전을 벌이는 수준이었다. 광저우 라디오 방송국에서 매주 화요일과 금요일 오후 8시30분에서 9시까지 한국어로 전쟁의 상황과 독립정신을 고취시키는 방송을 하였고 8월 29일 나라를 빼앗긴 국치일을 맞아 임시정부는 기념식을 거행하였다.

왜 임시정부는 피난의 여정에도 매년 국치일을 맞아 기념식을 거행한 것일까? 이는 단순히 나라를 잃은 아픔을 잊지 말자는 와

신상담의 교훈만은 아니었다. 반만년 우리 역사는 한 번도 단절된 적이 없었고 우리 주권은 영원 불멸하다는 교훈의 날이었다. 즉 1910년 8월 29일 대한제국의 황제가 일본에 주권을 이양한 것이 아니라 황제의 주권이 백성의 민권으로 이전된 공화의 첫날이라 생각하였다. 3.1 독립운동 이후 임시정부의 정치체제가 된 민주공화국의 정신이 태동한 날이라 본 것이다. 그래서 8월 29일은 치욕을 기억하는 동시에 민권의 시작을 축하하는 자리가 된 것이다.

중일 전쟁 이후 광저우는 중국 내륙의 병참기지 역할을 하는 주요 도시가 되었다. 일제는 중국 주요 해안을 장악하고 내륙으로 진출하였다. 항일전쟁을 수행하는 각 전장에서는 무기 및 식량 등 보급이 주 문제가 되었다. 해외의 지원과 물자는 홍콩을 경유하여 광저우에 도착하여 중국 전역에 보급되었다. 일제는 전쟁에서 유리한 고지를 장악하기 위해 광저우 침략을 강행한다.

포화 소리가 광저우를 향해 가까워지자 임시정부는 또 다시 길을 떠날 수밖에 없었다. 이렇게 3개월의 짧은 광저우 시기를 뒤로하고 임정은 총칭을 향해 류저우(柳州)로 출발하였다.

짧은 광저우 시기 임시정부 청사로 쓰였던 동산바이위엔(東山栢園)이 원형대로 보존된 채 우리 품으로 돌아왔다. 잊혀 있던 우리 독립유적이 살아 돌아온 것이다. 임시정부 광저우 시절 청사로 사용한 곳이 동산바이위엔(東山栢園)이란 것은 김구의 백범일지 뿐만 아니라 여러 자료에 명시되어 있었으나 정확한 위치는 확인되지 않았고 건물이 남아 있는지도 모르는 상태였다.

동산바이위엔 (東山栢園)의 정확한 위치와 건물을 확인하고 학계에 보고된 데에는 광저우 지역에서 우리 독립운동사를 연구하고 계시는 강정애 박사의 헌신과 주광저우대한민국영사관의 외교적 도움이 있어 가능한 일이었다. 강정애 박사와 광저우 영사관은 중국측 기록을 통하여 동산바이위엔(東山栢園)에 1928년 10월부터 1929년 6월까지 '중앙연구원 역사어언연구소(歷史語言硏究所)'가 있었다는 기록을 찾게 된다. 그런데 역사어언연구소는 국민당과 함께 타이완으로 이전된 지 오래였다. 이에 타이완에 있는 역사어언연구소에 옛날 주소를 문의하고 그 옛날 주소를 광저우 문화국에 문의하여 현재 주소를 찾게 되었다. 이렇게 해서 쉬에꾸웬로(恤孤院路) 12호의 서양식 건물을 찾을 수 있었고 그 건물은 빛 바랜 사진의 모습 그대로 오랜 시간을 묵묵히 버틴 채 우리의 품으로 살아 돌아왔다.

광저우 동산바이웬 현재 모습

동산바이웬은 중국공산당 제3차 전국대표자대회가 열린 기념관 근처에 있어 주변이 깨끗하게 정리되어 있다. 좁은 골목을 들어서 잠시 걸으니 쉬에꾸웬로(恤孤院路) 12호 명패가 걸려있는 작은 입구가 나온다. 입구를 들어서니 한 눈에 바로 알아볼 수 있을 사진 속 동산바이웬의 모습이 그대로 시야에 들어왔다. 벽돌조의 양옥 건물로 입구에는 좌.우로 원형 기둥이 두 개씩 있으며 그 위로는 1.2층을 나누는 테라스가 100여년의 시간을 이기고 있었다. 동산바이웬 앞에 한 장의 사진을 찍었다. 남다른 감회가 몰려왔다. 임정의 발자취를 따라가는 여정에 있는 사람으로 역사가 살아 돌아온 느낌을 받았다.

역사교육은 머리로 하는 교육이 아니라 발로 디디며 가슴이 뛰는 교육이어야 한다 그래서 현장이 중요하다. 같은 공간에서 다른 시간을 느끼며 우리는 과거와 소통한다. 현장은 바로 현재와 과거를 연결하는 소통의 창구이다. 중국내 우리 독립운동 유적지가 도시의 확장과 재개발로 사라지고 없어지는 현실이지만 향후 중국측과 협의가 원활하여 광저우 청사로 복원되는 그 날이 속히 오기를 기대해 본다.

9장

국가급 박물관에 새겨진 독립의 기억

광저우(广州)를 출발하여 류저우(柳州)를 경유한 임시정부는 행선지를 중국의 전시수도(戰時首都)가 있는 총칭(重庆)으로 결정하고 피난의 길을 올라 치장(綦江)에 이르게 된다. 류저우에서 치장으로 이동은 버스로 하였는데 배위의 망명정부가 이제는 험한 산길을 올라가는 버스에 몸을 실은 것이다. 가다 서다를 반복하며 어렵게 치장(綦江)에 도착한 것은 1939년 4월말이었다. 북으로 충칭이 100여키로 떨어져 있는 치장은 100여명의 대가족이 잠시나마 안정을 취하기에는 안성맞춤이었다. 치장(綦江)은 총칭(重庆)의 위성도시 중 한 곳으로 일본의 공습이 심한 총칭대비 상대적으로 안전한 도시였다.

치장(綦江)에서 임시정부의 활동을 잘 정리한 곳이 있다. 바로 치장의 역사와 문화, 그리고 토양과 지질을 주제로 개관한 치장박물관이다. 치장 박물관은 1998년 스먼쓰(石門寺)라는 절이 있던 위치에 3층 규모의 현대식 건물로 세워졌다. 중국에서 나무가 변해서 돌이 된 것을 목화석(木化石)이라 부르는데 치장은 이 목화석의 산지로 유명하다. 박물관에는 치장의 역사, 문화, 지리에 대한 자료가 일목요연하게 전시되어 있다. 박물관은 스먼쓰 관련 전시관, 석재

조각 및 유물전시관, 치장의 역사. 문화, 지질전시관이 1.2층에 나눠 전시되어 있고 3층에는 중일전쟁 시기 치장 지역의 항일 활동을 설명한 전시 공간이 있다. 3층의 전시관 중 한 부분에 우리나라 임시정부의 치장시기의 활동을 전시한 공간이 있다.

대한민국임시정부 유적을 전시한 치장 박물관

전시관에는 지금은 도시개발로 사라진 치장 임시정부시절 한인 거주지의 옛날 사진이 당시의 모습을 상상하게 하고 있다. 임시정부 청사 옛터라든가, 이청천, 조성환, 김구 선생이 거주하셨던 집의 위치를 밀납 조형물로 만들어 놓았다. 삼균주의를 건국의 이념으로 삼고, 임정의 외교를 담당한 조소앙 선생, 제시일기의 저자인 양우조, 최선화 부부가 살던 곳도 조형물에 표시가 되어 있어 반가운 마음이 든다. 또 당시 치장에 거주했던 한인들의 명단이 거주 지역별로 당시 나이와 함께 정리되어 전시되어 있는데 명단에서 72살의 최고령인 이동녕 선생과 이시영 선생의 이름을 볼 수 있다. 일흔 이상의 노구의 몸으로 상하이를 출발하여 4000여 킬로의 독립의 여정에 굳건하게 함께 하셨던 임정 어른들의 수고와 고생이 얼마나 심했을까? 미루어 짐작이 되었다. 7당 통합회의를 통하여 민족주의 우파 3개의 정당이 한국독립당으로 다시 뭉치고 찍은 기념사진도 전시되어 있다. 중국의 국, 공립 박물관 중 유일하게 대한민국 임시정부의 사료를 전시한 박물관이 바로 치장박물관이다. 대한민국 임시정부 전시관이 아니라 중국 국가급 박물관에서 만나는 임정의 사료가 주는 감동은 남달랐다.

임시정부의 큰 어른 석오 이동녕, 치장에서 잠들다

이동녕 선생 치장 거주지

치장에서 석오 이동녕 선생의 흔적을 만날 수 있다.. 석오 이동녕 선생은 임시정부의 큰 어른으로 임시정부 수립에 주도적으로 역할을 하셨으며 임시정부의 정체를 민주공화정으로 정하고 국호를 대한민국으로 의결한 임시의정원의 초대 의장이셨다.

일찍이 김구, 안창호와 더불어 신민회를 설립하셨으며 만주에 경학사, 연해주의 권업회 등 독립운동사에 크고 작은 단체의 설립과 운영에 큰 역할을 하셨다. 한국독립당, 한국국민당을 창당하여 정당정치의 문을 열었으며 임시의정원 초대 의장을 거쳐 추가로 두 번의 의장을 역임하시어 임시정부가 혼란에 빠졌을 때 임시헌법을 개정하여 임시정부 개편의 법적 토대를 마련한 입법의 수장이셨다. 또 임시정부의 수반인 주석을 4번 역임하여 임시정부가 항상 새로운 길을 모색할 때 어두운 밤 하늘을 비치는 등대 와도 같은 존재이셨다.

1939년 임정의 대가족과 함께 치장에 도착한 이동녕 선생은 71살의 고령임에도 불구하고 임시정부의 주석으로 김구 선생과 더불어 독립운동진영의 통일을 도모한 7당 통합대회를 이곳 치장에서 열었다. 민족주의와 사회주의 계열로 양분된 독립운동 세력을 하나의 단체로 규합하여 통일적 운동을 지속하려 하셨다. 비록 이 회의는 각 단체의 진영 논리 때문에 실패하였지만 선생 사후 1942년 우리 임시정부는 좌우 합작에 성공하여 연합정부를 구성하게 된다. 정부와 정당과 군대에 진정한 통합이 완성된 것이다. 석오 이동녕 선생의 보이지 않는 헌신이 있었기 때문에 가능한 일이었다.

1940년 햇볕이 따스한 삼월 첫째 날이었다. 당시 임시정부는 치장에 있었으나 중국국민당과의 교섭을 위해 충칭에 따로 연락사무실을 두고 활동하고 있었다. 그 봄에도 우리 임시정부는 3.1독립선언일을 기념하는 행사를 치장임시정부에서 거행하였다. 총칭에 나가 있던 임정의 요원들도 기념식에 참석하러 치장으로 모여 들었다. 기념식을 마치고 이동녕 선생의 권유로 임정의 식구들은 봄 나들이를 갔다. 그 당시 임정의 형편상 나들이라고 해도 별반 특별한 것이 없었다. 삼삼오오 모여 봄나물을 캐고 충칭에서 온 동지들은 전쟁의 근황을 이야기하며 봄볕을 즐기고 국수 한 그릇 사 먹은 것이 전부였다. 그래도 매년 3월 1일을 우리의 독립선언일을 혁명일로 기념할 수 있어 마냥 기쁜 하루였다.

이 날의 외출이 문제가 되었는지 선생은 이후 시름시름 앓다가 72세의 나이로 이곳 치장에서 급성폐렴으로 운명을 달리하신다. 임시정부의 고목이 쓰러진 안타까운 날이었다. 백범의 그날의 심정을 다음과 같이 글로 남겼다.

임시정부 국장으로 치러진 이동녕 선생 장례식 장면 (총징 임정 전시 자료)

"아 위대하도다! 근검하고 절약하시고 또 온화한 그 성품은 민족의 전범이요. 우리 독립운동의 원훈과 같은 존재이시다. (이동녕)선생님을 잃은 그 아픔은 선장을 잃은 배와 같다"

임시정부는 국장으로 예를 다하여 치장에 장사 지내고 광복이 되자 선생의 유해를 한국으로 봉환하여 서울 효창원에 모시었다.

치장에는 이동녕 선생과 관련하여 두 곳에 흔적이 남아 있다. 하나는 치장 유치원 안에 있는 선생의 묘지석이다. 1949년 백범 김구의 아들 김신 장군이 이동녕 선생의 유해를 한국으로 모셔 간 이후 1985년에 치장 문물관리소가 이동녕 선생의 묘가 있던 옛터에 묘비를 세워 선생의 독립의지를 추모하고자 중건한 것이다. 지금은 일반인의 방문이 허락되지 않아 관람이 쉽지 않은 안타까움이 있다.

다른 하나는 이동녕 선생이 마지막을 보낸 한 칸의 집이 원형 그대로 보존되어 있다. 원래 집은 7칸이었으나 선생이 거주한 한 칸만이 역사의 흔적을 견디며 덩그렇게 남아 있다. 거주지 주변의 건물들은 하루가 다르게 변하고 있어 언제 헐리지는 않을까 걱정이 앞선다. 다시 찾은 현장은 그런 마음이 기우였음을 보여주었다. 누구의 노력이었을까? 쓰러져 가던 지붕의 기와는 새롭게 교체되었고 이곳이 한국의 독립운동가 이동녕 선생의 거주지였음을 알리는 표지석이 새롭게 세워져 있었다. 보이지 않은 누군가의 손길에 화답한 치장 인민정부 관계자와 치장 시민들에게 감사한 마음이 느껴지는 순간이었다.

거주지 앞 치장의 강물은 예나 지금이나 푸르게 흐르고 있었다. 이 강을 사이에 두고 이편 저편 강 언덕에 우리 독립운동가들이 모여 살았다. 지금은 그 정확한 흔적은 찾지 못한다. 이동녕 선생의 거주지마저 보존되지 않았다면 치장에서 우리 독립역사의 흔적을 어찌 기억할 수 있으리요.

임시정부의 큰 어른으로 임정의 나아가야 할 방향을 밝히신 북두성 같은 존재였으며 남보다 지혜와 능력이 출중하셨음에도 후배 독립운동가들을 세우시고 그 부족함을 메워 주셨던 석오 이동녕 선생은 우리 독립운동가들 중에 그 업적이 저평가되신 분 중 한 분이시다. 이제 이동녕 선생을 바로 알고 기억하자. 독립운동 세력의 통합을 위해 힘쓰신 선생의 정신이 현재를 살고 있는 우리에게 꼭 필요한 정신이기 때문이다.

강물이 쉼 없이 흘러가듯 민족과 겨레를 사랑한 석오의 정신도 영원히 후대에 흘러가리라.

10장

대한민국 국군의 모체, 광복군

총칭 광복군 총사령부 복원 건물

총칭(重庆)은 높은 산으로 둘러 쌓여 있는 고지대 분지로서 도시의 애칭이 산성(山城)으로 불린다. 일제시대 학도병을 탈출하여 총칭의 임시정부를 찾아 광복군이 된 장준하 선생의 글을 보면 "새도 넘지 못하는 험준한 준령"이라고 표현하였다. 가히 그 산세를 짐작하고 남을 만하다

총칭은 항일시기 국민당의 전시 수도로 수많은 항일관련 유적들이 있다. 전시 수도로 정해진 이유도 높은 산맥이 도시를 보호하고

있어 육로로 침입이 쉽지 않은 지리적 이점 때문이다. 반면 항일 전쟁 기간 중 하늘을 까맣게 뒤덮는 일본군의 공습은 피할 수 없었다. 도시 전체에 그 당시의 아픔을 대변하듯 아직도 수많은 방공호의 흔적이 남아 있다.

국, 공합작으로 공산당의 사무국 또한 충칭에 있었다. 쩌우언라이(周恩來), 꿔머루(郭末若)와 관련된 흔적도 찾아볼 수 있으나 항일 유적 대부분은 중화민국 국민정부와 관련된 유적이다. 중국 공산당은 정치 체제가 다른 국민당의 유적이지만 항일시기때 공통된 목표로 함께한 흔적들은 후대가 기억해야 할 역사자료라 여기고 잘 보존하고 있다. 교육장소로 적극 활용하고 있는 것이 인상적이다. 이념을 넘어 외세 침략에 맞선 항일에 초점을 둔 것이다. 형제끼리는 싸울 순 있어도 집에 들어온 도둑은 힘 합쳐 몰아내야 한다는 의식이 중국인들에게는 있는 듯하다. 우리가 배워야 할 역사 교육의 유연한 해석이다.

총칭시의 최고 중심지에 도시를 대표하는 비(碑)가 세워져 있다. 지에팡베이(解放碑)로 불리는 건축물인데 항일전쟁의 승리를 기념하기 위해 1946년 12월 건설을 시작하여 1947년 완공한 건물이다. 총칭시는 1997년 이 지에팡베이 부근을 중국 최초로 보행자 거리로 지정하여 중국을 대표하는 10대 상업지구로 성장시켰다.

바로 이 지에팡베이가 보이는 번화가 입구에 대한민국임시정부의 군대인 "한국광복군 총사령부"가 복원되어 있다. 2014년 중국 충칭 정부는 광복군 총사령부 옛터를 복원하기로 결정하였다. 원위치에 복원이냐, 아니면 충칭 대한민국임시정부 근처로 자리를 옮겨 복원하는 두 가지 선택을 놓고 결정이 미뤄져 한동안 교착 상태에 있었다. 이를 2017년 중국을 국빈 방문한 문재인 대통령과 시진핑 주석이 조속한 시일내 광복군 옛 터를 복원한다는 합의 발표 후 복원은 급물살을 타기 시작하였다. 드디어 2019년 3월, 3층의 건물로 원 위치에 한국광복군 총사령부가 복원되었다. 정말 감사한 일이다.

한국광복군은 우리 임시정부의 군대로 대한민국 국군의 전신이며 독립군과 의병의 맥을 잇고 있다. 1940년 9월 17일 총칭의 지아룽빈관(嘉龍賓館)에서 성립전례식을 가졌다. 성립전례식 당일날 중국측에서는 국민당과 공산당 모두 대표를 보내 축하하였다. 국민당은 쑨원의 아들 쑨커(孫科)를, 공산당은 쩌우언라이(周恩來)가 사람을 대신 보내 축하하였다.

광복군이 위용을 갖추기 시작한 것은 김원봉의 조선의용대가 광복군 제1지대로 편입된 이후이다. 명실상부하게 임정이 좌우 양진영이 통합하여 연합정부를 이루게 된 것이다. 독자 작전을 펼치기에 인적, 물적 자원이 부족한 광복군은 연합군의 일원으로 항일전쟁에서는 주로 적의 사기를 떨어뜨리는 선전과 홍보전을 맡았다. 우리 광복군의 젊은 인재들은 중국어는 물론 일어와 영어에 능통한 대원들도 여럿 있었다. 인도 미얀마 전선에선 영국군과 연합작전을 펼쳤는데 일본군 암호를 해독하여 영어로 영국군에게 정보를 전달하는 일을 맡아 활동하였다. 미국과는 CIA의 전신인 전략첩보국(OSS)과 연합하여 독수리 작전(Eagle Project)이라 불리는 국내 침공작전을 계획하였다. 이 국내침공작전은 1945년 8월말에서 9월초로 계획이 되어 있었다. 1945년 8월 15일 일본의 무조건 항복으로 작전은 물거품이 되었다. 이것은 단순히 일개 작전이 취소되었다는 개념이 아니라 한반도의 역사가 바뀔 수 있는 큰 사건이 없어져 버린 것이다. 작전의 실행이 한 달만 빨랐으면 아니 원자폭탄의 투하가 한 달만 늦었으면 우리의 군대인 광복군이 국내를 진공함으로써 전쟁이 끝날 당시 임시정부는 연합국의 인정과 승전국의 지위를 갖는데 큰 역할을 하였을 것이다.

광복군도 임시정부와 마찬가지로 정부의 군대로서 환국하지 못하고 개인자격으로 환국할 수밖에 없는 안타까움이 있지만 우리 임시정부의 군대로서 무장독립운동의 최전선에 섰던 광복군의 정신은 독립군과 의병에서 그 원형을 찾을 수 있고 이후 우리 대한민국의 정식 군대인 국군으로 이어져 내려오고 있다.

국군의 표상, 오성장군 김홍일

광복군 총사령부 1층은 광복군의 전신인 독립군의 활동과 한인애국단, 조선의용대를 비롯한 각 독립운동 단체의 의열투쟁 그리고 미주에서 있었던 무장독립운동 지원의 역사가 잘 정리되어 있다. 특히 광복 후 일본군대 내에 있었던 한인 사병의 안전한 귀국을 위해 노력한 광복군의 활동은 이채로웠다. 2층은 우리 광복군의 무기와 군복 그리고 총사령관 이청천 장군, 군무부장 김원봉 장군의 집무실이 복원되어 있다.

샹챠다오(尙次濤)와 김홍일 장군

자료들 속에 낯익은 사진 한 장과 다시 마주한다. 상하이 매헌기념관 전시물에 있었던 사진이다. 윤봉길 의사의 의거에 사용한 도시락 폭탄과 수통 폭탄의 주물을 만들어준 중국 19로군 산하의 병기창 주물 기술자였던 샹챠다오(尙次濤)와 중국혁명군과 광복군에서 활동한 5성 장군이라 불리는 김홍일 장군이 함께 찍은 사진이다. 중국에서의 독립운동은 중국과 연대하여 진행할 수밖에 없었다. 이 한 장의 사진이 바로 한중 연대를 설명하는 단서이기도 하다.

장군이 담당하였던 중국내 독립운동은 크게 4가지로 나눌 수 있는데 한인애국단 지원, 조선의용대 창설 기여, 한국광복군 참모장 활동, 해방후 한국교민의 안전한 귀국 도모였다.

그중에 한인 애국단 지원에 대해서 더 살펴보자. 김홍일 장군의 한인애국단 지원도 네가지로 정리할 수 있다. 이봉창 의사 의거시 폭탄 지원, 일본함정 출운호 폭파 도모, 일본의 상하이 파견군 무기

창고 폭파 계획, 윤봉길 의사 의거 지원이다.

김홍일 장군은 1918년 중국으로 망명하여 꿰이저우(贵州)의 육군강무학교를 졸업하고 줄곧 중국국민혁명군에 근무하였다. 국민혁명군에서 크고 작은 전투를 치루면서 장군은 장교로서 능력을 인정받게 되고 중일전쟁이 발발하자 1938년 10월 장시성(江西省) 더안시엔(德安縣)에서 일본군을 크게 무찌르는 전공을 세워 1939년 대령에서 소장으로 진급을 하게 되었다. 우리 국군 장성중에 중국군대에서 별을 단 것은 김홍일 장군이 유일하다. 이봉창,윤봉길 의사의 의거에 관여 하셨고 1938년 10월 10일 한커우(汉口)에서 성립된 한인무장독립운동 단체 조선의용대 창설에 중국측 국민당 정치부장 진성(陳誠)의 비서로 중국측 교섭창구로서 큰 역할을 수행하셨다. 비록 몸은 중국 군대에 있었지만 한인으로서의 정체성은 한번도 잊으신 적이 없는 군인이다

일본이 상하이 사변의 승리를 기념하고 일왕의 생일 축하연을 홍커우공원에서 연다는 소식을 접한 한인애국단의 김구 선생은 김홍일 장군을 찾아 식장에 휴대하여 가져 갈 수 있는 물병과 도시락모양의 폭탄의 제조를 의뢰하게 된다. 장군은 상해병공창의 주임으로 19로군의 정보 장교를 맡고 있어 일본군의 동향에 대해 누구보다 빠르고 정확한 정보를 알고 있었다. 당시 병공창에는 폭탄을 만들 장비가 없었는데 상하이사변으로 군대내 설비를 상하이 인근 난징과 항저우로 옮긴 상태였기 때문이다.

장군은 상관인 병기창장인 송쓰피아오(宋式彛) 장군의 도움을 받아 주물업자 샹츠따오(尚次濤)에게 폭탄의 외관을 만들게 하고 상하이 병공창의 기술자 왕바이서우(王伯修)에게 폭약과 시계장치를 달

게 하였다. 이뿐만이 아니라 상하이 푸단대학(復但大學)의 화학과 주임 린지용(林繼庸)에게 폭발 성능을 향상시키는 작업을 시켰다. 중국측의 협조는 이뿐만이 아니라 김홍일 장군을 통해 백범 김구 선생을 모시고 폭탄이 제대로 폭발하는지 여러 차례 시험을 진행하였다. 이봉창 의사의 의거 실패를 반복 할 수 없다는 결의였다. 폭탄 시험이 10여차례 성공 후 외형 주물에 폭탄을 장착하였다. 일련의 과정이 짧은 시간내 가능하였던 것은 김홍일 장군이 중국 19로군 정보장교로서 중국혁명군내에서 나름 역할을 하고 계셨기 때문이다.

이처럼 윤봉길 의사의 홍커우 의거는 한·중간에 보이지 않는 협력과 유대가 있었기 때문에 가능한 일이었다. 한·중간의 협력과 유대는 1945년 일본이 패망할 때까지 중국 곳곳에서 항일 공동전선을 형성하였다. 중국에서 우리 독립운동사가 비단 한국의 역사만이 아니라 중국의 항일역사이기도 하기에 한중간에 우호의 상징으로 발굴되어 널리 알려지기를 바래 본다.

장군은 1945년 6월 김구 선생의 요청으로 한국광복군 사령부 참모장으로 부임하여 광복군의 국내 진공작전을 도왔다. 그해 11월 일제가 패망하자 중국군으로 다시 복귀한다. 동북 보안사령부 한교사무처장에 부임하여 일본군대내에 있던 한인 사병의 본국 귀국을 위하여 중국측과 협상을 주도해 나갔다. 귀국 후에는 우리 국군의 기틀을 다지시는데 큰 공헌을 하셨다. 국군이 창군될 당시 전문적 교육을 받은 군사전문가와 전투경험이 풍부한 장교는 흔치 않았다.

장군의 일생은 만주,연해주를 누빈 독립군으로 출발하여 중국혁명군의 장성을 거쳐 조선의용대 창설에 깊이 관여하셨다. 임시정부의 군대인 광복군의 참모장을 넘어 대한민국 국군의 3성장군으로 전역하셨다. 평생 한국과 중국에서 별을 5개나 단 5성장군으로 대한민국 국군의 표상과 같으신 인물이다. 특히 6.25 전쟁당시 퇴각하는 국군을 한강 이남에서 다시 집결하여 대오를 갖추고 지연작전을 전개하여 남하하는 북한군을 7일이나 저지하였다. 전쟁 초기 이 시간은 우리 군과 유엔군이 전력을 정비할 수 있는 시간을 벌어 주었다. 병력 수습, 물자 보급, 부대 배치를 단기간에 이뤄내며 한강 방어선을 지킨 일화는 6.25 전쟁 당시 기적과 같은 일이었다..

대한민국 국방부 백서에 의하면 대한민국의 군대인 국군은 대한민국임시정부의 군대인 광복군과 만주를 누빈 독립군 그리고 외세의 침입이 있을때마다 분연히 일어난 의병에 그 뿌리를 두고 있다고 전하고 있다. 김홍일 장군은 이 뿌리의 한 축이셨다. 그의 전 인생은 나라를 사랑한 참 군인의 모습이었다.

감사의 글

지난 16년간 HERO역사연구회는 수많은 강의와 기행을 하였다. 중국내 독립운동의 역사와 문화를 넘나드는 강의와 상하이에서 총칭까지 임정의 이동 루트를 따라 가는 기행을 하였다. 때론 동북3성과 블라디보스토크 그리고 일본과 미국의 독립관련 유적지를 답사하는 여정이었다.

이제 그 여정을 글로 남기며 특별히 감사의 마음을 가족에게 전한다. 2008년부터 독립운동사에 미친(?) 남편을 언제나 응원해준 아내 홍은주의 굳은 믿음과 따뜻한 배려가 없었으면 HERO역사연구회 활동을 지속하지 못했을 것이다.

때론 지쳐 있을 때, 누군가가 해야 할 일이고 당신이 제일 잘한다는 칭찬은 정말 그런 줄 알았다. 연구회 대표의 명찰을 목에 걸어주고 마이크를 채워 줄 때는 나는 새로운 사람으로 변해 있었다. 반면 아내는 주변의 칭찬과 격려에는 냉담했다. 우쭐하고 교만하기 쉬운 남편의 속내를 안 지혜로운 행동이었다. 아내는 우리 활동에 어울리는 "HERO역사연구회"라는 이름을 지어준 장본인이기도 하다.

또 두 아들 형민, 창현에게 고마움을 전한다. 2008년 함께 한 중국 동북 3성의 독립유적지 역사탐방은 HERO역사연구회 탄생의 출발점이었으며 내 인생의 전환점이 되었다. 초등학생과 중학생이었던 두 아들은 어느새 대학을 졸업하고 직장을 다니고 있다. 학창시절과 직장생활을 모두 해외에서 하면서 한국인으로서 정체성을 잃지 않고 자라 준 것에 다시한번 감사하다. 어린시절 아빠의 반복되는 이야기를 들을 때마다 재미없어 했지만 이제는 누구보다도 HERO의 활동을 지지하고 아빠를 존경하며 닮고 싶다는 두 아들의 말은 가장 큰 칭찬이며 자랑이다.

중학생이었던 큰 아들은 결혼을 하였다. 언젠가 아들 또한 아버지가 될 것이다. HERO의 지난 과정은 수많은 형민이와 창현이를 만나는 시간이었다. 부모의 마음이 아니었으면 분명 쉽지 않았을 것이다. 아들 또한 그 마음을 닮아 갔으면 좋겠다.

또 이 여정을 함께 해 주신 HERO역사연구회의 모든 선생님들에게 감사를 전한다. 때론 강권과 독선의 결정이 있었지만 같은 방향을 본다는 이유로 묵묵히 각자의 위치를 지켜 주신 선생님들이 바로 우리 연구회의 HERO이다. 특별히 설립 초기부터 함께 하며 역사적 균형을 잡아준 전문연구가 이동훈 박사와 HERO역사연구회 대표의 막중한 책임을 맡게 된 김지우 박사에게 감사와 응원을 보낸다.

HERO활동과 함께 해 주신 수많은 참여자분들과 물심양면으로 지원해 주신 자문위원들 그리고 보이지 않게 후원해 주신 많은 분들께 머리 숙여 감사의 말씀을 전한다. 혼자가면 빨리 갈 수 있지만 함께 가면 멀리 갈 수 있다는 교훈을 우린 서로에게 기대며 배우는 시간이었다.

부족하고 서툰 글을 읽어 주신 독자분들께도 감사의 말씀을 전한다. 때론 필자의 주관적 견해와 의견을 달리하시는 분들께는 불편한 구절이 있을 수도 있겠지만 독립운동사를 통해 한중관계의 발전적 미래를 도모하자는 취지에서 나온 것이라 이해를 구한다. 한국인에게는 중국의 입장에서, 중국인에게는 한국의 입장에서 역사를 바라보는 것은 두 나라가 함께 가야 할 이웃이기 때문이다.

새봄의 따뜻한 기운이 한·중 두 나라에 널리 퍼지길 소망한다.

2024년 2월 4일

입춘을 맞으며

이 명필 쓰다

스토리
인
시리즈

소소하지만 열정적인 당신의 일상을 공감과 위안, 힐링을 담아 응원합니다.
어떤 말들보다 큰 힘이 되어주고 당신만의 이야기를 마음껏 펼칠 수 있도록, 당신의 스토리와 함께합니다.

배우고 나누는 임정학교 이야기
나는 독립운동의 길을 걷다

초판 1쇄 발행 2024년 4월 11일
초판 2쇄 발행 2024년 5월 15일
지은이. 이명필
펴낸이. 김태영

씽크스마트
경기도 고양시 덕양구 청초로 66,
덕은리버워크 지식산업센터 B동 1403호
전화. 02-323-5609
홈페이지. www.tsbook.co.kr
블로그. blog.naver.com/ts0651
페이스북. @official.thinksmart
인스타그램. @thinksmart.official
이메일. thinksmart@kakao.com

ISBN 978-89-6529-402-3 (03810)

---

* **씽크스마트** - 더 큰 세상으로 통하는 길
'더 큰 생각으로 통하는 길' 위에서 삶의 지혜를 모아 '인문교양, 자기계발, 자녀교육, 어린이 교양·학습, 정치사회, 취미생활' 등 다양한 분야의 도서를 출간합니다. 바람직한 교육관을 세우고 나다움의 힘을 기르며, 세상에서 소외된 부분을 바라봅니다. 첫 원고부터 책의 완성까지 늘 시대를 읽는 기획으로 책을 만들어, 넓고 깊은 생각으로 세상을 살아갈 수 있는 힘을 드리고자 합니다.

* **도서출판 큐** - 더 쓸모 있는 책을 만나다
도서출판 큐는 울퉁불퉁한 현실에서 만나는 다양한 질문과 고민에 답하고자 만든 실용교양 임프린트입니다. 새로운 작가와 독자를 개척하며, 변화하는 세상 속에서 책의 쓸모를 키워갑니다. 홍겹게 춤추듯 시대의 변화에 맞는 '더 쓸모 있는 책'을 만들겠습니다.

자신만의 생각이나 이야기를 펼치고 싶은 당신.
책으로 사람들에게 전하고 싶은 아이디어나 원고를 메일(thinksmart@kakao.com)로 보내주세요.
씽크스마트는 당신의 소중한 원고를 기다리고 있습니다.

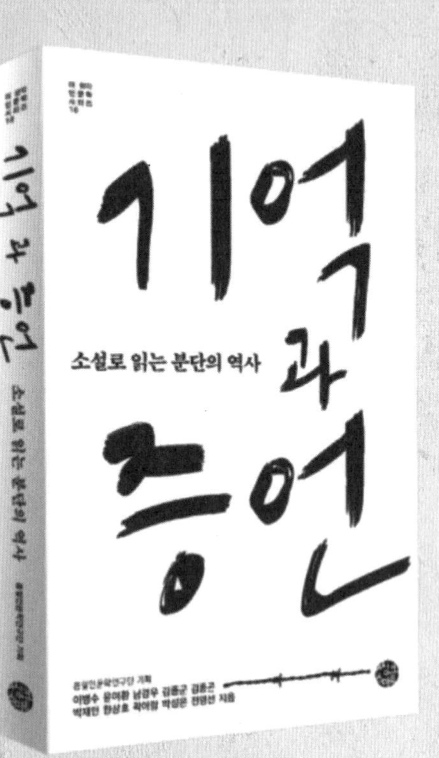
기억과 증언
소설로 읽는 분단의 역사